LA FEMME QUI AIMAIT LE FROID
Roman

par

Marcel Viau

2018

Dépôt légal 2018
Bibliothèque et archives nationales du Québec
Bibliothèque et archives Canada

@ 2018 Marcel Viau. Tous droits réservés
ISBN 978-2-9815701-6-1 (papier)

Dessin de couverture :« Inukshuk» de Marcel Viau

Pour joindre l'auteur : marcelviau.net.

Chapitre 1

Il était seize heures. Le soleil venait de disparaître à l'horizon. Un froid glacial pour cette période de l'année durcissait la terre et les hommes. Des nuages, de plus en plus nombreux, de plus en plus lourds, circulaient dans un ciel ayant perdu sa luminosité cristalline. Sur le sol, que du blanc à perte de vue. Pas d'arbres, pas d'aspérité, rien qui soit susceptible de révéler autre chose que de la neige dans cette étendue plate et désertique. De la neige à l'infini.

Pourtant. Pourtant. À y regarder de près, en s'efforçant de diriger le regard vers un endroit spécifique, on pouvait apercevoir un objet, seule forme verticale se dressant dans cette horizontalité sans faille : un *inukshuk*, ce genre de cairn typiquement inuit construit par les chasseurs pour se repérer. Parce que parfois les *inukshuks* pouvaient vaguement ressembler à un homme debout, certains Blancs leur attribuaient une aura mystique issue d'une spiritualité venue du fond des âges, produit d'une mythologie antique, donc plus pure. Mais ce n'était que des repères dressés par les chasseurs afin de mieux se retrouver dans ce plat pays qui pouvait devenir un danger mortel pour l'imprudent, surtout l'hiver.

Il n'avait pas neigé depuis un bail. Un blanc immaculé recouvrait toute la terre gelée. Rien ne venait perturber cette étendue immuable, à l'exception de traces de pas : elles se perdaient à l'horizon en amont et venaient mourir au pied de l'*inukshuk* en aval. Les traces étaient claires, signes d'un mouvement régulier et décisif.

Si l'on continuait notre observation, si l'on plissait les yeux pour cibler encore plus précisément l'*inukshuk*, on y trouvait quelque chose d'anormal. D'habitude façonné droit et fier, appuyé sur des pieds réguliers les faisant ressembler à des pattes d'éléphant carrées, le cairn comportait un important renflement à sa base. Cette forme n'était pas commune.

Si l'on avait pu s'approcher davantage, on aurait reconnu une forme humaine appuyée sur la construction de pierre. À la façon dont elle était vêtue — un parka de peau de phoque dont le pan arrière beaucoup plus long était replié entre ses jambes —, il s'agissait d'une femme. Le corps penchait vers l'avant, proche de basculer. Un grand capuchon couvrait entièrement son visage. Elle s'efforçait de ne pas grelotter. À un moment, elle avait relevé la tête, enlevé ses lunettes fumées devenues inutiles et regardé au loin. Son visage était celui d'une Blanche, à n'en pas douter. Une *gallunaat* comme on les appelait ici.

Catherine — c'était le nom de la femme — commençait à ressentir le froid. Catherine aimait le froid. Lorsqu'elle avait froid, son corps luttait contre lui et son esprit restait concentré sur ce travail essentiel. Son cœur ralentissait, son sang s'épaississait. Alors seulement, elle arrivait à être bien. Alors seulement, son esprit s'envolait vers ailleurs, loin de ces pensées qui lui faisaient mal. Oui, elle aimait le froid. Mais cela n'avait pas toujours été le cas. Il fut un temps où elle préférait s'étendre sur la grosse roche derrière la maison familiale, appréciant les rayons du soleil sur son visage tout en essayant d'imaginer sa vie future. C'était il y a longtemps. Très longtemps.

Elle se rappelait maintenant les paroles de Tulimaaq. Il lui avait dit de marcher le plus loin possible. Pour retrouver son *tuurngaq*, elle devait aller là où il n'y plus de traces de pas dans la neige, s'asseoir par terre, rabattre son capuchon sur le visage, garder la tête baissée et supplier.

Son *tuurngaq*? Ce mot lui était inconnu au début. Pourtant, elle maîtrisait l'inuktitut, la langue parlée par les Inuits. Cinq années passées dans ce petit village perdu au Nord du Québec à enseigner à des enfants tristes qui semblaient toujours vouloir être ailleurs, cela lui avait laissé le temps d'apprendre la langue, c'est certain. Cinq ans ! Une éternité pour les Blancs égarés dans les étendues polaires. La plupart ne restaient pas plus de trois ans, d'autres même ne tenaient que trois ou quatre semaines. Mais elle, elle était là depuis cinq longues années.

Elle se souvenait des débuts difficiles à Quarpuq. Fuir Montréal le plus rapidement possible, voilà tout ce qu'elle voulait. Partir loin. L'Amérique centrale? L'Afrique? Trop chaud! Une affichette punaisée sur le babillard avait attiré son attention. On demandait des enseignants pour le Grand Nord québécois. C'était l'époque ! Le Parti Québécois avait pris le pouvoir quelques années auparavant. Il fallait reconquérir le territoire. Il fallait reprendre en mains nos destinées. Nous devions relever la tête et cesser d'être des porteurs d'eau. « Québécois, nous sommes québécois. Le Québec saura faire s'il ne se laisse pas faire », comme le disait la chanson. L'avenir nous appartenait. Il suffisait de s'en emparer. Le monde était à nous.

La politique la laissait complètement indifférente. Elle ne comprenait rien des enjeux derrière le séparatisme ou le fédéralisme. On sentait bien à l'époque un engouement pour le projet de « souveraineté », mais tous ces débats, tous ces palabres inutiles, toutes ces belles paroles lancées à tort et à travers lui semblaient totalement irréels, surfaits, inappropriés. Cette agitation la laissait de glace. Elle n'avait même pas voté à ce référendum que les tenants de l'indépendance venaient tout juste de perdre.

Ce poste lui convenait parfaitement, avait–elle cru à ce moment-là. Les formalités avaient été rapidement expédiées, car on avait besoin de main-d'œuvre pour s'occuper des tâches assumées jusqu'à maintenant par le fédéral, ce gouvernement illégitime occupant nos terres. On oubliait facilement une chose : sur ces terres, il y avait des communautés esquimaudes (on les appelait encore ainsi à l'époque) présentes depuis des millénaires, bien avant les Anglais et les Français. Mais cela ne l'intéressait pas non plus. De telles opinions restaient pour elle du bla-bla de politiciens.

Catherine s'était retrouvée du jour en lendemain projetée dans un univers inconnu. Le décalage était total pour cette femme de province venant à peine de s'adapter à la grande ville. Pour quelqu'un qui n'avait jamais vraiment voyagé, cet environnement lui était étrange à tous les points de vue. D'abord une nature hors du commun, belle, mais inhumaine en un certain sens, du moins pas faite pour les humains. Rien ne semblait vouloir changer dans ce monde figé dans la glace et le temps.

Ensuite, ce fut le choc du village de Quarpuq. Il s'agissait d'une petite agglomération de quelques maisons rudimentaires, la plupart construites à la va-vite par les Blancs et d'autres, plus vieilles, bancales, faites de bric et de broc, peu utiles pour protéger leurs habitants du froid. On s'y entassait parfois à deux ou trois familles : hommes, femmes, enfants, vieillards. Des chemins sommaires sillonnaient entre les maisonnettes posées là selon un ordre aléatoire. Toutes sortes d'objets, matelas, chaises brisées, sacs remplis d'on ne sait quoi, s'amoncelaient devant les portes. Un kayak ici. Un skidoo là. Quarpuq était situé au confluent d'un fleuve et de la mer. Ce site géographique facilitait grandement l'accès à la pêche, la principale activité de la communauté. Le cours d'eau, lorsqu'il gelait, formait aussi un chemin aisé pour se rendre dans les territoires de chasse.

Catherine se souvenait de son désarroi à son arrivée. À quoi avait-elle pensé en venant ici ? Si peu encline aux extravagances pourtant, elle venait de signer un contrat de trois ans et le regrettait déjà amèrement. Et pour couronner le tout, on lui avait assigné un petit appartement dans un conteneur percé de quelques trous faisant office de fenêtres. L'espace était spartiate, c'est le moins que l'on puisse dire. Une chambre toute petite et un lit simple en fer. Une table de chevet en bois tout rayé. Pas de porte de séparation entre l'autre pièce. Un comptoir servait de cuisine rudimentaire. Une table et deux chaises en bois de style espagnol et un bureau de travail sur lequel était posé un immense téléphone à cadran. Une étagère vide. Une radio.

Après un certain temps, Catherine s'était habituée à ce cadre de vie. Il n'était pas si différent en somme de son appartement à Montréal. L'emplacement possédait même certains avantages. Le conteneur gris moucheté de rouille était attenant à l'école où elle enseignait. Un petit couloir séparait l'appartement de son lieu de travail. Elle pouvait donc rencontrer ses élèves du primaire dans sa classe sans avoir à sortir au-dehors. C'était plus pratique évidemment. Non pas que cela la dérangeait outre mesure de devoir s'habiller comme un ours polaire pour venir faire son travail, bien au contraire. Elle aimait le froid, du moins elle avait appris à aimer le froid cinglant du Nord. Dans ce petit logement mal construit et mal chauffé à l'occasion, elle avait fini par se sentir bien.

Le conteneur comportait trois appartements comme la sien, mais personne n'avait jamais habité les deux autres. Une année après son arrivée, des ouvriers venus du Sud avaient construit des logements là-haut, sur le remblai, puis étaient repartis. Évidemment, ceux-ci étaient beaucoup plus confortables. Il y avait des toilettes et des douches dans chaque appartement. Mais elle avait refusé de s'y installer.

En définitive, et en y réfléchissant, Catherine avait surtout été déconcertée par les gens. Par-delà la différence des visages et des coutumes, les Inuits n'étaient pas faciles d'approche malgré une affabilité de circonstance. On avait joué sur son altruisme en lui faisant miroiter la nécessité de venir en aide à une population manquant de tout. Or ce n'était pas tout à fait le cas à Quarpuq. Les Inuits se débrouillaient fort bien avant l'arrivée des Blancs, mieux même. Ils avaient mis des siècles à adopter un mode de vie nomade parfaitement adapté aux territoires polaires. Mais aujourd'hui, sédentaires, ils avaient perdu leurs repères et cela paraissait dans leurs attitudes. Ce fut long avant d'obtenir leur confiance même si Catherine s'occupait de leurs enfants. Non pas qu'ils fussent farouches. Non pas ! Mais c'était une *gallunaat*, une étrangère. Et donc elle ne pouvait pas comprendre. Elle ne le pouvait pas.

On les voyait partir parfois en famille pour établir un campement loin, très loin. Ils revenaient après plusieurs semaines. Elle avait beau leur expliquer : faire ainsi manquer l'école à leurs enfants ne leur rendait pas service pour leur avenir. Ils la regardaient alors avec commisération, comme si elle-même était une enfant trop jeune à qui l'on ne pouvait pas encore faire comprendre le vrai sens des choses.

Catherine, c'était sa nature, avait établi rapidement une routine. Les habitudes régulières étaient nécessaires pour la rassurer. La plupart du temps, à la fin de sa journée, elle rentrait dans sa chambrette pour préparer un goûter léger, une soupe et du fromage, préférant cela à la cantine. Non pas que la nourriture ait été mauvaise là-bas. Au contraire, celle-ci était excellente. Pour garder les gens au Nord, il fallait bien les nourrir. C'était un fait avéré. Les Inuits profitaient aussi de cette manne venue du Sud, eux dont les ancêtres avaient été plus souvent qu'à leur tour affamés par l'absence de gibier au cours de leur migration.

Sédentaires à Quarpuq depuis une ou deux décennies, ils n'avaient plus connu la famine et étaient mieux nourris. Pour le reste...

Comme à son habitude, Catherine s'installait à sa table et allumait la radio. L'annonceur débitait ses nouvelles d'un ton monocorde. De toute façon, elle n'écoutait pas. Personne au Sud ne s'intéressait à ce qui se passait dans le Nord, chez les « Esquimaux ». Elle prenait toujours mille précautions avec le bouillon trop chaud. La chambrette était restée presque aussi dépouillée qu'au début. Aucune photo, aucune toile sur les murs. Des rayons de bibliothèque avaient été ajoutés et meublés par des livres tassés sur eux-mêmes. Seul élément un peu personnel : une étagère où trônaient plusieurs petites statuettes toutes fabriquées par les Inuits de son village.

Quand son repas se terminait, elle lavait son couvert, fermait la radio avant d'aller s'installer à son bureau. Immanquablement, elle s'arrêtait devant le gros téléphone noir posé sur l'un des coins, hésitait, mais ne décrochait jamais le combiné, puis s'asseyait et commençait à préparer sa journée du lendemain. Ce rituel presque quotidien la réconfortait. Elle revoyait ses petites frimousses au visage tout rond. Ils n'étaient pas très attentifs, mais si attachants. Dès le début de son mandat, la tristesse dans leurs yeux bridés l'avait frappée. Ils ne souriaient pas, ou si peu, comme si une mauvaise fée leur avait jeté un sort au berceau. Le froid produisait cet effet peut-être ? Elle avait pensé à cette hypothèse au début, mais avait changé d'idée depuis.

Ce fut long avant que les enfants ne s'attachent à elle. Comme leurs parents, ils étaient méfiants. Catherine avait beau multiplier les gestes de tendresse envers eux, en commençant par les petites filles. Rien n'y faisait. Finalement, à force de persévérance et de douceur, elle était arrivée à les apprivoiser... un peu. Mais peut-on vraiment domestiquer ces renards polaires si beaux en hiver dans leur pelage tout blanc? Ils tournent autour de vos maisons lorsqu'ils ont faim, toujours prêts cependant à s'enfuir vers la toundra, leur véritable habitat. Ces enfants n'appartenaient pas à cette école ni à ce village construit par des Blancs et en partie pour des Blancs. Eux, ils venaient de loin, de là-bas. C'était inscrit dans leurs gènes et on le voyait dans leurs yeux.

Dans le Nunavik — comme en a appelé le Grand-Nord québécois après la signature de la Convention de la Baie-James —, l'enseignement se faisait en français depuis quelques années seulement... et encore ! L'anglais était toujours dominant dans les écoles et l'inuktitut prenait de plus en plus de place. L'ambition du gouvernement du Parti Québécois avait bel et bien été de franciser cette population depuis longtemps dominée par l'Anglais, car même la religion restait encore majoritairement anglicane avec ses deux églises alors que l'église catholique des missionnaires était vide et tombait en ruine.

Ce n'était pas pour franciser le Nunavik que Catherine était venue ici. Elle ne s'intéressait pas à ces projets sociaux concoctés de toutes pièces dans les officines de l'administration gouvernementale. Non ! Plutôt, il s'était présenté là une occasion unique de s'éloigner du Sud, de fuir ce Montréal étouffant en été et pas suffisamment froid en hiver. La température n'était jamais assez glaciale à son goût. Le froid du Grand Nord était un impératif. Voilà pourquoi elle avait choisi ce village le plus septentrional. Et s'il avait été possible d'aller plus haut encore, elle l'aurait fait.

***

Catherine ne sentait plus ses jambes. Lors de son arrivée à l'*Inukshuk*, elle s'était simplement accroupie là sans penser à rien d'autre. Depuis combien de temps ? Difficile à dire. Cela devait faire un bon moment, car tout le bas de son corps était sérieusement ankylosé. Après avoir fait un effort pour se relever, elle avait perdu l'équilibre et était retombée lourdement sur les fesses. Ses membres raidis maintenant étendus, elle avait frotté énergiquement son jean. Un jean ! Quelle drôle d'idée de porter ces vêtements bien adaptés pour le Sud, mais si peu pour ici. Elle n'avait jamais renoncé à ce vestige de son passé, même dans ses longues promenades dans la toundra.

Catherine aimait particulièrement ces promenades solitaires. Elle partait avec son petit sac accroché au dos dans lequel on trouvait un peu de nourriture, quelques vêtements secs ainsi que d'autres objets de dépannage. Même pendant les jours les plus courts, rien ne l'aurait empêché de monter sur la colline. Certes il n'était pas possible d'aller aussi loin et de rester aussi longtemps qu'aujourd'hui. Mais ce passe-temps était de loin son préféré.

De toute façon, qu'y avait-il d'autre à faire ? Se traîner dans le Centre communautaire pour prendre un café et jouer une partie de ping-pong avec Michel ? Michel ! Ce fonctionnaire lui tournait autour depuis son arrivée il y a an et demi. Il avait remplacé Gérard, le « père Gérard » comme tout le monde l'appelaient tellement il paraissait vieux malgré sa jeune cinquantaine. Il avait inauguré le bureau du ministère des Travaux publics. Le père Gérard avait fait une crise cardiaque et l'on avait dû le rapatrier d'urgence par avion.

Le père Gérard n'était pas heureux au Nord, cela se voyait comme le nez au milieu du visage. Il ne cherchait la compagnie de personne et s'enfermait le plus souvent possible dans son bureaurésidence sans même sortir pour superviser les quelques chantiers en activité dans la région. Il passait son temps à lire des dossiers ou à faire de longs appels qui devaient coûter une fortune au gouvernement.

Il avait été correct avec Catherine lorsqu'elle était arrivée à Quarpuq. Il l'avait aidée dans son emménagement, lui avait procuré à ses frais les vivres de première nécessité, lui avait donné quelques conseils. Mais ses bons offices s'étaient arrêtés là. Le père Gérard était un être sombre. Il préférait grommeler plutôt que parler. Catherine, elle, d'un naturel plutôt réservé, cherchait constamment à être affable avec lui, une habitude acquise chez les Ursulines à l'adolescence. Il fallait être charitable envers les autres, lui avait-on inculqué, comme Jésus-Christ l'avait été. Elle avait toujours appliqué ce principe dans sa vie... du moins avait-elle réussi à se convaincre de l'avoir toujours fait.

Il lui était arrivé une fois ou deux d'avoir un semblant de conversation avec le père Gérard, ce qui l'avait peu renseigné sur lui en définitive. Il avait été marié, avait deux enfants et ne les voyait jamais. C'était son choix. Du moins, il l'affirmait. Jamais elle n'avait pu lui soutirer quoi que ce soit d'autre sur sa vie personnelle. Aux questions posées, il se renfrognait et détournait la conversation sur le climat maudit du Nord, sur le froid à glacer les os, sur les Inuits qui sentaient mauvais et sur les Blancs d'ici, tous de parfaits idiots, ce qu'elle apprendrait bien assez vite lui disait-il. Il était mort peu après son arrivée dans le Sud. Après avoir appris la nouvelle, elle s'était surprise à ressentir de la tristesse. Mais après tout, ce n'était peut-être que de la pitié.

Quant à Michel ? Bah Michel ! Il n'avait vraiment pas le physique de l'emploi. Plutôt grand et massif, un visage carré pas très beau, il ressemblait davantage à un joueur de hockey qu'à un fonctionnaire, ce qu'il avait été effectivement dans une vie antérieure. Il aimait faire son jogging tous les matins dans les rues inégales et sinueuses de Quarpuq, ce qui ne manquait pas de faire ricaner sous cap les autochtones sur son passage. Les Inuits donnaient de la valeur à la course et surtout à la rapidité. Le meilleur chasseur était celui qui courrait le plus vite. Mais le but était de rattraper les caribous et non de tourner en rond comme Michel le faisait. Que de peine perdue sans résultat.

Michel venait parfois au Centre avec un livre à la main. L'objet paraissait insolite dans cette grande paluche faite davantage pour tenir un bâton de hockey. Quand Catherine y venait, et ce n'était pas fréquent, il s'arrangeait toujours pour s'asseoir auprès d'elle, cherchant à entamer la conversation. Elle, toujours polie, gardait son quant-à-soi. Michel faisait la conversation pour deux. Il lui parlait de tout et de rien, donnait des nouvelles, monologuait sur Montréal, sur le quartier où il avait vécu. Il ne tarissait pas d'éloges sur les équipes de hockey dont il connaissait tous les exploits. D'un naturel plutôt joyeux, tout le contraire de Catherine, il lui arrivait de chercher à la faire rire avec quelques blagues qui tombaient souvent à plat.

Toutefois, cette approche ne le menait nulle part. Michel l'avait compris assez vite. D'où le livre à la main. Catherine aimait lire. Il l'avait appris en voyant régulièrement arriver pour elle des colis en provenance du Sud. Il s'était donc efforcé de trouver des sujets capables de l'intéresser, en lui parlant de sa dernière lecture par exemple. Il lui demandait : « tu connais ce bouquin ? » Catherine était une boulimique de lecture et connaissait évidemment tous les livres. Ses bouquins provenaient d'une bibliothèque de Québec. On lui faisait des prêts à plus long terme, une faveur compte tenu de sa situation. Francophile, elle aimait Péguy, Mauriac, Bernanos, aussi les grands romanciers français du

XIXe : Balzac, Stendhal, Dumas, Hugo. Elle avait tout lu Flaubert et même relu *Madame Bovary* trois fois. Elle adorait aussi Dostoïevski.

Michel — et cela semblait évident pour tout le monde sauf pour Catherine — était attiré par elle. Pourtant, ce n'était pas une femme particulièrement remarquable de prime abord. D'aucuns l'auraient décrite comme *the girl next door*. De toute façon, à Quarpuq, il n'y avait pas tellement de Blanches relativement jeunes susceptibles de soulever l'intérêt d'un homme encore jeune et fringant comme Michel. Quant à Catherine, elle le percevait comme un autre expatrié voulant créer des liens parce qu'il s'ennuyait du Sud. Et cela ne lui donnait pas le goût de se rapprocher de lui. Catherine ne s'ennuyait pas du Sud, du moins de ce qu'elle avait quitté là-bas. À quoi ou à qui pouvait-elle encore se rattacher ? Vraiment !

Et puis pourquoi Michel serait-il attiré par elle autrement. Il n'était pas venu à l'esprit de Catherine qu'il aurait pu avoir du désir pour elle. Une telle pensée ne l'effleurait même pas à propos des hommes. Peut-être par habitude, tout simplement. Depuis toujours, c'était sa perception, les hommes ne semblaient pas s'intéresser à elle... sur le plan physique à tout le moins. En vérité, rien n'était fait de son côté, mais absolument rien, pour les attirer, ni dans son comportement, ni dans sa façon de se coiffer, de se maquiller (ce qu'elle ne faisait jamais) ou de se vêtir. Ces choses-là, le sexe et la proximité des corps en découlant, ne l'avaient jamais intéressée.

« Non, ça, jamais ! Jamais », avait-elle murmuré.

Ce « jamais » avait fait remonter à la surface des souvenirs que le froid avait à peine commencé à étouffer. Catherine avait brusquement relevé la tête, les yeux effarés, comme si elle se réveillait d'un cauchemar. Un frisson continu parcourait son corps. Son agitation avait mis du temps avant de ralentir, avant que ses efforts pour la faire cesser portent fruit.

Après s'être calmée, elle avait regardé l'horizon et s'était émerveillée devant ce paysage si beau dans sa sauvagerie. Voilà pourquoi ses promenades solitaires prenaient une telle importance. Elle montait vers la colline pour aller contempler le soleil couchant, restant là, immobile, seul corps vertical dans ce monde désolé sans arbre dominé par le blanc et le vent. L'agglomération de maisonnettes encaissée dans une série de monts de plusieurs centaines de mètres apparaissait petite, toute petite vue d'en haut. Mais le village ne l'intéressait guère. Toujours tournée vers l'immense étendue vallonnée se perdant dans le ciel rougeoyant, elle ne faisait rien, ne marchait pas pour se réchauffer, ne se balançait même pas d'un pied sur l'autre. Son corps ne bougeait pas d'un iota. Elle regardait seulement, figée dans une pose rappelant vaguement certaines des statuettes inuites qui meublaient ses étagères.

Catherine adorait ses petites sculptures racontant des histoires mythiques. Les Blancs en parlaient comme de l'art, mais en réalité c'était beaucoup plus que le simple résultat de passe-temps anodins. Les Inuits ne conservaient pas leurs traditions au moyen de l'écriture. Les signes leur servant de langue écrite avaient été inventés tardivement par les Blancs. La tradition inuite se transmettait oralement et, dans une moindre mesure, par le truchement de ces petits objets sculptés où leur mémoire se figeait dans le temps et l'espace.

L'origine de chacune des statuettes de son étagère lui était connue. Celles-ci avaient toutes été sculptées par des hommes du village, les femmes ne sculptaient pas. En réalité, ces achats avaient été la meilleure façon de se rapprocher des adultes de la communauté.

Au début, elle avait fait plusieurs tentatives d'entrer en relation avec les adultes par le truchement des enfants. Quand les parents venaient à l'école, souvent par obligation d'ailleurs, elle cherchait l'occasion de converser avec eux, avec elles en l'occurrence, car seules les femmes s'occupaient de l'éducation scolaire. C'était peine perdue. On lui manifestait de l'attention, lui souriait même. Mais au-delà des remerciements de circonstances, il n'y avait aucun dialogue possible. Voilà pourquoi elle avait appris l'inuktitut : précisément pour établir un vrai contact avec la communauté.

Catherine avait le don des langues. Très tôt, elle avait possédé les rudiments de l'anglais qu'elle avait appris plus tard à maîtriser parfaitement à Montréal. Les Ursulines tenaient à ce que les filles acquièrent au moins une autre langue que le français. Catherine s'était montrée particulièrement douée. Elle avait l'oreille musicale, la musique ayant été d'ailleurs sa première passion, avant même la lecture. La musique, disait-on, était le moyen le plus sûr de se rapprocher de Dieu. Elle l'avait cru fermement.

Ici, et c'est sans doute ce qui la faisait le plus souffrir, la belle musique lui était inaccessible. Ses bagages contenaient bien quelques microsillons lors de son arrivée à Quarpuq : deux ou trois fugues de Bach, un concerto de Beethoven, une symphonie de Mahler. Elle était tombée des nues en cherchant le tourne-disque dans la chambre sans le trouver. Après avoir fait des pieds et des mains pour en obtenir un, on lui avait déniché un vieux *pick up* usagé perdu dans un coin du Centre communautaire. L'aiguille était émoussée, mais il fonctionnait. Après quelques écoutes de ses précieux disques, ceux-ci grinçaient tellement qu'ils étaient devenus inaudibles. Elle avait décidé de les jeter. Cela lui faisait trop mal au cœur de voir traîner là, inutiles, ses albums tant aimés.

La plupart du temps, Catherine préférait la solitude. C'était sa nature. Pourtant, il a bien fallu un jour se décider à faire quelques efforts pour entrer en contact avec la population inuite. Après tout, n'était-ce pas son devoir ? On ne peut pas enseigner à des enfants sans au moins tenter de comprendre dans quel milieu ils vivent. Cela lui avait semblé une évidence dès le début de son séjour. En conséquence, elle avait pris l'habitude de sillonner de temps en temps le village à pied. Un homme était-il assis sur le pas de sa porte en train de travailler l'ivoire ou la pierre, elle s'approchait doucement de lui, s'asseyait par terre et l'examinait attentivement exécuter ses gestes précis. Il arrivait que l'homme lui adresse la parole après une très longue période d'attente. Seulement alors, il pouvait s'établir une certaine forme de dialogue. Et, le fait de comprendre et de parler inuktitut était un avantage, cela allait de soi.

Oui, Catherine adorait ses petites sculptures. La plus précieuse entre toutes avait été façonnée par un homme ayant la réputation d'être un chasseur redoutable. Pendant les périodes où la chasse n'était pas propice, il s'asseyait sur une petite chaise droite en dehors de sa maison et sculptait des pièces comme celle-ci. Il avait plusieurs enfants, dont un garçon à qui elle enseignait. Elle n'avait jamais su le nom chrétien de ce sculpteur. Les missionnaires, anglicans et catholiques, pressaient les Esquimaux d'adopter un nom chrétien après leur conversion. Les Inuits utilisaient ce nom en public, lorsqu'ils parlaient aux Blancs en particulier. Or ce n'était pas leur nom de naissance.

Après avoir passé de nombreuses heures à l'observer sculpter, l'homme lui avait finalement révélé son nom véritable : Anarqaq.

17

Les Inuits avaient beaucoup de réticences à donner à des étrangers le nom reçu à leur naissance par leur famille. Le nom d'un nouveau-né inuit faisait l'objet de toute l'attention du clan. Il relevait de traditions très complexes liées aux ancêtres et à la mythologie fondatrice. Catherine avait été touchée d'avoir eu ainsi le privilège de connaître le nom inuit d'Anarqaq.

Anarqaq avait donc sculpté dans de la serpentine sa statuette favorite, une femme inuite en posture traditionnelle d'accouchement. Une sage-femme, assise derrière elle, l'aidait à expulser le fœtus par des pressions sur le ventre. Cette statuette l'interpellait et la troublait en même temps. On voyait là deux corps unis dans ce qu'il pouvait y avoir de plus primitif comme posture. La beauté n'était pas dans les personnages, au contraire, mais dans le geste d'un naturel déconcertant. Catherine y voyait même — allez comprendre pourquoi. — quelque chose de sensuel. Peut-être l'objet lui rappelait-il qu'à tout prendre elle aussi avait un corps ?

Anarqaq avait été le premier à l'initier aux histoires de la communauté. Elle avait commencé à saisir avec lui l'importance capitale de leur transmission. Pour les Inuits, ces histoires tenaient lieu de la Tradition de l'Église pour les chrétiens. Elle avait appris à faire la transposition entre certaines histoires inuites et plusieurs pans de la tradition chrétienne, se surprenant parfois à faire des parallèles inusités. Pendant un certain temps, ces amusements intellectuels étaient restés des jeux de l'esprit. Pendant un certain temps seulement. À un moment — elle n'aurait pas pu dire quand —, ses idées avaient changé à ce sujet. Radicalement.

Toutes ces histoires, ou presque, se rapportaient au plus près à la vie quotidienne, plutôt à la vie quotidienne des ancêtres, car cette vie commençait à changer sérieusement depuis la sédentarisation des familles. Il y avait toujours dans ces récits des ours polaires, des loups ou des carcajous, des phoques annelés, des morses ou des bélugas, des perdrix des saules, des harfangs ou des corbeaux. La neige et la glace étaient omniprésentes. La lune et le soleil, le jour et la nuit étaient des acteurs récurrents. Mais il y avait aussi des géants et des nains, des êtres mi-hommes mi-bêtes, des oiseaux se transformant en loups ou des baleines se changeant en oiseaux. Il était question très souvent de chasse et de pêche, des gestes traditionnels des femmes et des jeux des enfants. Ces histoires avaient fini par déteindre sur elle jusqu'au point où…

Catherine vivait de plus en plus d'inconfort maintenant. Comme ses bras commençaient aussi à s'ankyloser, elle les avait agités violemment en frappant dans les mains plusieurs fois. L'extrémité de ses doigts commençaient à geler malgré ses moufles épaisses. Après avoir fermé et ouvert les poings plusieurs fois pour faire circuler le sang, ses extrémités douloureuses étaient de nouveau revenues à la vie. En regardant ses moufles, elle avait pensé à la femme qui les avait confectionnés grâce à ses mains expertes — et à ses dents — dans de la peau de caribou. Ce genre d'artisanat était et a toujours été l'affaire des femmes dans ces milieux isolés de tout.

Catherine avait été effarée au début de la situation des femmes ici en comparaison avec celles du Sud, en pleine émancipation. Traditionnellement, celles-ci n'avaient pas beaucoup de choses à dire sur leur vie et sur leur avenir, les décisions importantes étant prises par les chefs de clans. Lorsqu'elles étaient nomades, les familles inuites peinaient à survivre la plupart de temps sur ce territoire de chasse et de pêche vaste comme un continent. Les communautés devaient se donner des règles rigides de comportement, lesquelles étaient souvent au désavantage des femmes. Celles-ci n'avaient pas le choix de leur mari et ne pouvaient pas les quitter même si elles étaient maltraitées, ce qui n'était pas rare. Il existait toutes sortes de tabous les concernant, la plupart du temps liés à leurs menstrues ou à leur accouchement. Les fausses couches étaient considérées comme le résultat de transgressions de la femme. Non ! La vie des femmes n'avait rien d'enviable ici.

***

« Comment se fait-il que mon *tuurngaq* ne soit pas encore là ? » Catherine avait cessé de s'agiter et s'était remise depuis quelque temps dans la position de suppliante, le capuchon retombant profondément sur son visage. Pourtant, elle avait fait tout comme Tulimaaq le lui avait recommandé, d'abord en sortant des pistes laissées par les skidoos et les chiens de traîneau. Ces pistes n'étaient pas balisées, mais les chasseurs et les pêcheurs les connaissaient bien. Ils savaient où se tenait le gibier. Lorsqu'ils partaient en petit groupe, le plus souvent à deux à cette période-ci de l'année, c'était souvent pour chasser le phoque annelé. Ils savaient où trouver les trous de respiration que ces mammifères faisaient dans la glace pour venir respirer de temps en temps. Un Blanc aurait été incapable de les reconnaître, mais les Inuits étaient devenus experts en ce domaine. Ils attendaient patiemment près de ces trous, parfois des heures, que le museau de l'un de ces animaux brise le mince glacis. S'il le faisait, il venait dès lors de signer son arrêt de mort. La viande de ce gros animal serait en partie distribuée aux membres du clan et aux familles dans le besoin.

Donc cette fois-là, Catherine s'était éloignée de la piste pour suivre son propre chemin. Elle ne faisait jamais une telle chose sachant les dangers de partir à l'aventure, surtout en plein hiver, sur ce territoire sans repère. Quelques Inuits expérimentés le faisaient parfois, dont Tulimaaq. Il était arrivé à certains de se faire prendre par une tempête de neige. On ne les avait plus revus. Les anciens disaient alors qu'ils avaient été enlevés par un être maléfique dont ils s'étaient approchés d'un peu trop près.

Pourtant, Catherine devait suivre son chemin. C'était sa destinée. Elle se devait de chercher son *tuurngaq*. Tulimaaq lui avait expliqué qu'un *tuurngaq* était un esprit, mais pas n'importe lequel. Cet esprit singulier était visible à une seule personne. Cet esprit pouvait l'aider ou la harceler, selon sa propre situation. Un *tuurngaq* n'apparaissait jamais par hasard à quelqu'un. Il y avait toujours une raison. Lui-même d'ailleurs était accompagné par plusieurs *tuurngait*, selon les circonstances, qu'il s'agisse de guérir quelqu'un ou de préparer une bonne pêche. Tulimaaq était un *angakkuq*, un chaman ayant depuis longtemps reçu la *gaumaniq*, l'illumination.

Évidemment, elle avait été très réticente à croire à ces récits fabuleux, même si elle en avait longtemps apprécié la teneur poétique. Ils étaient comparables aux contes de fées de son enfance. C'était simplement des histoires. Par leur dimension métaphorique, ces récits permettaient aux Inuits d'expliquer le monde les entourant sous des angles différents.

Mais depuis cette année, depuis le début de cette année extraordinaire à plusieurs égards, elle ne pouvait plus avoir ce genre de certitude. De plus en plus troublée et confuse, elle voyait sa vie partir à la dérive, lentement, progressivement, comme un bloc de glace sur la mer. En fait, elle ne contrôlait plus rien depuis encore plus longtemps. C'était maintenant devenu une évidence. Il lui fallait voir clair, comprendre pourquoi tout semblait lui échapper. Voilà pourquoi elle suivait ce chemin, son chemin. C'était maintenant devenu une question de vie ou de mort,

L'élément déclencheur s'était produit en janvier dernier. Maintenant, après avoir cherché longtemps à oublier, elle s'en souvenait on ne plus clairement. Il lui revenait en mémoire ce jour où le *tuurngaq* lui était apparu pour la première fois. À cette époque-là, elle ignorait tout de ce personnage, mais en avait été grandement effrayée et profondément troublée. En en parlant plus tard à Tulimaaq, avec beaucoup de réticences d'ailleurs, celui-ci avait compris et lui avait donné le sens de cette rencontre.

C'était un après-midi, pendant une promenade solitaire sur l'une des collines entourant Quarpuq. Le temps était gris et il faisait très froid. Elle s'était arrêtée, comme à son habitude, pour contempler l'horizon. Puis soudain, un brouillard épais s'était abattu sur la toundra, rapidement, comme cela arrivait parfois l'hiver dans cette région au confluent d'un fleuve et de la mer. Un tel brouillard n'avait rien pour l'étonner. Elle avait connu quelquefois ces épisodes lors de ses longues errances. Non ! Ce qui frappait, c'était la conjonction entre la rapidité du phénomène et l'épaisseur de la brume.

La chose s'était passée à ce moment précis. Pendant qu'elle examinait les alentours, encore surprise par cette purée de pois exceptionnelle, le cri rauque et soutenu d'un oiseau avait retenti par-derrière. C'était celui du grand corbeau. Cet oiseau au plumage noir était le seul à garder sa couleur lorsqu'il passait l'hiver dans la toundra. Cela en faisait un animal plus voyant que d'autres animaux qui, eux, changeaient de pelage. En revanche, le noir de ses plumes avait la caractéristique d'absorber et d'emmagasiner les rayons du soleil. Il pouvait ainsi se maintenir en vie pendant les longues périodes de froid polaire.

Le cri du corbeau, répercuté par le brouillard, lui semblait plus fort, plus impérieux. Elle n'avait même pas eu le temps de se retourner pour l'apercevoir qu'il avait fondu sur elle à la vitesse de l'éclair et lui avait assené un grand coup de bec sur la tête. Heureusement, son capuchon épais l'avait protégé, car un coup si violent l'aurait sans doute blessée. Catherine, déstabilisée par le choc, avait perdu l'équilibre et s'était retrouvée littéralement à quatre pattes.

Les corbeaux ne sont pas des animaux agressifs. Elle avait dû s'approcher trop près de son nid sans s'en apercevoir, avait-elle pensé alors toujours à quatre pattes. En relevant la tête, quelle ne fut pas sa stupeur d'apercevoir un homme à quelques mètres d'elle. Un homme ? Rien n'était moins certain. Dans le brouillard, on distinguait mal la silhouette. Il était très grand, du moins de sa perspective. Il se tenait là sans bouger, les jambes légèrement écartées. Il était vêtu d'un parka traditionnel. En fait, pas vraiment traditionnel, car le manteau était complètement noir, sans bordures grises ou blanches comme on en voit parfois sur les parkas découpés dans la peau de certains types de phoque. Ses pantalons aussi étaient noirs, ses moufles et ses bottes : noires.

Catherine avait été effrayée par cette vision. Elle avait tenté de se lever pour prendre les jambes à son cou, mais en avait été incapable. Son corps en entier restait figé, comme paralysé. Plus elle regardait l'homme, toujours immobile, plus la peur l'envahissait. Il portait au cou, accroché à une longue lanière, un objet de prime abord difficile à identifier. Il s'agissait de jumelles, de grosses jumelles comme celles des marins sur les navires marchands. Tout en se demandant pourquoi un homme pouvait bien transporter des jumelles sur ce territoire désertique, elle avait levé le regard vers le visage du géant. À ce moment-là, son corps s'était mis à trembler. Le visage de cet homme était affreux. Il avait une particularité effrayante : ses yeux étaient placés en diagonale plutôt qu'à l'horizontale. Elle ne pouvait pas le croire. C'était un cauchemar !

Il lui était impossible de se lever pour s'enfuir. Ses membres étaient cloués sur place. Seule sa tête pouvait bouger, ses mains et ses genoux restant figés au sol, comme pris dans la glace. Elle ne pouvait pas non plus détacher le regard du géant, certaine que sa dernière heure était venue. Toutefois, l'homme en noir ne bougeait pas. Il restait là à la fixer de son regard oblique, sans aménité apparente. Il ne disait rien non plus, ce qui rendait le silence brumeux de la toundra encore plus pesant.

Ce moment lui avait semblé durer une éternité.

Puis est venu le temps où le regard de Catherine s'était voilé. Tout était devenu blanc, comme dans un flash électrique. Les pilotes d'avion en Arctique et les Inuits voyageant longtemps au soleil connaissaient bien le phénomène : la cécité des neiges. Au même moment, elle était tombée lourdement de tout son long sur le sol, face contre terre. Son cœur battait la chamade, sa tête tournait, néanmoins son corps engourdi avait commencé à montrer des signes de vie. Ses membres pouvaient de nouveau bouger. Ses yeux endoloris et rougis devaient être lavés avec de la neige afin de voir de nouveau. Sa vue revenue, elle s'était empressée de tourner la tête vers l'horizon toujours envahi par le brouillard. Il n'y avait plus personne. L'homme en noir avait disparu. Seule une série de cris rauques dans le ciel lui avaient fait comprendre qu'un grand corbeau s'envolait.

Catherine avait ressassé longtemps cet événement étrange et inquiétant avant de se décider à en parler à Tulimaaq. Par son explication détaillée des circonstances de cette « apparition », Tulimaaq avait bel et bien reconnu un *tuurngaq* : le brouillard, un géant, des jumelles accrochées à son cou, les yeux de travers comme les personnages de certaines sculptures anciennes, la transformation d'un animal en humain. Il n'y avait aucun doute : c'était bien un *tuurngaq*.

Il lui avait expliqué la signification de ces esprits auxiliaires compagnons des chamans dès le début de leur initiation. Il s'était grandement étonné de voir une non-initiée, a fortiori une *gallunaat*, vivre une telle expérience. Les *tuurngait* étaient souvent des humains sans corps qui erraient sur la terre en cherchant à se rendre dans le royaume des morts. Ils devenaient parfois malins de frustration et s'en prenaient alors aux humains. C'est pourquoi le grand corbeau l'avait attaquée. Tulimaaq lui avait demandé si elle connaissait une personne dans cette situation. Or en janvier de cette année-là, lorsque l'événement s'était produit, Catherine ne savait pas encore...

Catherine s'était maintenant remise à frissonner. Les bras croisés, elle battait énergiquement ses épaules. Le crépuscule tombait lentement, comme si le soleil derrière l'horizon prenait tout son temps pour disparaître. Le froid l'envahissait de plus en plus, mais rien ne l'aurait fait bouger de là. Elle voulait continuer à attendre. La question ne se posait même pas.

Après avoir cessé ses gesticulations, le silence revenu, elle avait entendu quelque chose au loin. Un son. Plutôt, une espèce de gémissement. C'était celui du cri d'un animal. En fouillant l'horizon, le contour flou d'un renard lui est apparu. Il la fixait. Ces petits animaux farouches, mais curieux, se tenaient toujours à bonne distance des humains. Son pelage blanc le faisait se fondre dans le paysage. S'il n'avait pas bougé le museau parfois, on l'aurait confondu avec la neige. Il restait là à la regarder en glapissant de temps en temps, comme s'il voulait lui dire quelque chose.

Pour les Inuits, le renard avait une signification particulière, comme le corbeau d'ailleurs. Ils étaient là au début des temps, avant même les humains. Anarqaq lui avait raconté une sorte d'histoire de la fondation du monde mettant en scène ces deux animaux. En ce temps-là, au début du monde, la nuit était perpétuelle. Parmi les tout premiers vivants sur la terre, il y avait le corbeau et le renard blanc. Un jour, ils se rencontrèrent et se mirent à discuter ensemble : « Qu'il n'y ait pas de jour, qu'il n'y ait pas de jour ! » avait dit le renard qui aimait chasser dans l'obscurité. Mais le corbeau, lui, se déplaçait en volant et non pas en marchant. Par conséquent, il se cognait constamment la tête dans l'obscurité. Il s'était mis en colère et avait crié : « Qau ! Qau ! Que la lumière surgisse, que le jour vienne ! » « Taaq! Taaq ! Qu'il fasse nuit, qu'il fasse nuit ! » avait répliqué le renard blanc. Depuis cette date, le jour a succédé à la nuit et la nuit au jour.

Le renard blanc avait cessé de regarder Catherine, s'était lentement retourné, comme dépité, et avait poursuivi lentement son chemin dans la toundra.

Chapitre 2

L'*Inukshuk* sur lequel Catherine s'appuyait ne projetait plus d'ombre sur le sol. Le temps se faisait sombre en partie à cause des nuages gris qui s'accumulaient. Des brins de neige tout légers flottaient dans l'air, annonciateurs d'une bonne bordée de neige. La nuit tombait et il était dorénavant presque impossible de revenir en arrière. Catherine se tenait toujours la tête penchée en avant. Maintenant, elle regardait les flocons s'étaler en minces couches sur ses *kamiks*, ces belles bottes faites de peau de phoque que Qisaruatsiaq avait confectionnées avec grand art.

Cette femme avait développé avec le temps une habileté hors du commun pour fabriquer des *kamiks*. Elle avait appris la technique de sa mère qui l'avait elle-même apprise de la sienne. On ne trouvait pas plus chaud pour l'hiver polaire. Catherine était finalement contente de les avoir achetés, à un prix ridicule d'ailleurs. Elle ne voulait pas exploiter ces femmes travaillant dur pour ces objets d'utilité, mais tous les Blancs lui avaient dit de ne pas payer plus que ce qu'on lui demandait, car cela se saurait et ferait ensuite grimper les prix sur tous les objets d'artisanat. Docile comme toujours, elle avait obéi, mais le regrettait maintenant.

Qisaruatsiaq avait sûrement une bonne trentaine d'années, mais elle en paraissait plus de cinquante. Catherine était parvenue à se lier d'amitié avec elle. Enfin, « lier d'amitié » est une expression surfaite dans les circonstances. Existait-il des Blancs ayant jamais réussi à entretenir de liens ressemblant à de l'amitié avec des Inuits ? De bonnes relations, bien sûr. Même une certaine sympathie, très certainement. Mais de l'amitié ? Disons tout simplement que Qisaruatsiaq l'acceptait dans sa maison lorsqu'elle confectionnait ses *kamiks*.

Comme elle le faisait pour les hommes de la communauté, Catherine n'engageait jamais la conversation sans que l'autre ne commence à parler. Après de nombreuses rencontres toutes semblables, Qisaruatsiaq lui avait raconté, comme en confidence, sa naissance intra-utérine. Au début, Catherine ne parvenait pas à saisir le sens de son histoire. Elle se demandait si Qisaruatsiaq racontait une histoire de ses ancêtres comme si cela s'appliquait à elle-même ou si c'était un souvenir réel. Quoi qu'il en soit, l'histoire avait trouvé écho chez elle.

Qisaruatsiaq se souvenait. Elle était dans un igloo. C'était un lieu des plus confortable. Elle se souvenait combien elle était heureuse et se sentait bien, au chaud et en sécurité. « C'était l'utérus de ma mère. » Elle ressentait les mêmes sensations que sa mère. Elle était triste quand sa mère était triste et avait peur quand sa mère avait peur. Quand sa mère chantait, elle était émue. Elle se sentait vraiment en sécurité.

Après un certain temps, Qisaruatsiaq avait pris conscience du rétrécissement de l'igloo. Elle avait essayé de pousser sur les parois pour s'étirer, mais c'était de plus en plus difficile. Il y avait une pression tout autour qui n'était pas tellement agréable. Elle ne savait pas d'où cela pouvait venir. Puis, l'eau dans laquelle elle baignait s'était écoulée par la petite porte de l'igloo. En dépit de ses efforts pour rester à l'intérieur, elle s'était sentie poussée vers cette ouverture. « C'était la poche des eaux de ma mère qui s'était rompue. »

Rendue à l'extérieur, elle avait paniqué. L'endroit était très clair et très froid. En fait, Qisaruatsiaq était née dans une tente en octobre. « Voilà comment avait débuté ma vie en dehors de ma première et chaude demeure. Il faisait si froid… et il y avait tant de lumière que je ne pouvais ouvrir les yeux qu'avec difficulté… et il y avait tant de bruit. J'ai eu peur tant que je n'ai pas senti ma mère me prendre dans ses bras. Alors seulement, la chaleur est revenue ».

Ces paroles de Qisaruatsiaq avaient résonné étrangement chez Catherine. Évidemment, elle ne se souvenait pas comme Qisaruatsiaq de son séjour dans le ventre de sa mère, mais beaucoup de réminiscences de son enfance, même la plus tendre, lui revenaient dorénavant. Peut-être avait-elle besoin de retrouver sa source, ici et maintenant, dans ce lieu désolé et inhabité ?

L'histoire de Qisaruatsiaq lui avait rappelé comment la chaleur pouvait en définitive être bénéfique, elle qui aimait le froid. Elle se revoyait toute petite marchant dans le champ de blé de la ferme, encore trop jeune pour travailler — ce qui ne tarderait pas de toute façon —. Le soleil de fin d'été lui chauffait le visage et les bras. Il y avait le ciel bleu pur de tout nuage qui faisait monter en elle une sensation de grand bien-être. Elle aimait marcher ainsi pendant longtemps, parfois même au risque d'inquiéter ses parents. Pourtant, qu'avait-on à craindre dans cette nature faite par le Bon Dieu pour le bonheur des hommes ?

Immanquablement son périple se terminait près de la petite rivière marquant la limite de la terre familiale. Elle s'asseyait sur la grève, prenait quelques cailloux et les lançait dans l'eau. Quelle merveille de voir se produire les cercles concentriques lorsque le galet plongeait au fond ! Elle avait vu cent fois ce panorama, mais prenait quand même tout son temps pour explorer les alentours : les beaux arbres majestueux, les grandes herbes folles, la rive boueuse, la dénivellation du sol d'où surgissaient quelques rochers gris. Il ne pouvait pas exister plus beau paysage. Sûrement pas !

Son père Amédée — que tout le monde appelait Médé — s'était procuré cette terre au moment où il avait marié sa mère, Yvette. Il avait été aidé par ses parents, certes, mais lui-même avait épargné une petite somme rondelette en travaillant dans les chantiers d'hiver. Dans cette région démunie, c'était souvent le seul moyen d'accumuler un pécule. La coupe de bois était un travail pénible, très difficile. Il fallait être robuste pour résister à ce métier parfois dangereux. Il avait commencé tôt : douze ou treize ans. Il avait réussi à tenir le coup.

Quand il avait acheté cette ferme, elle était presque en friche. Les fermiers, trop vieux et sans enfants, ce qui était une rareté à l'époque, n'avaient pas eu le choix de la laisser à l'abandon. Ils l'avaient vendue pour une bouchée de pain. Tout était à faire, y compris démolir la bicoque tenant lieu d'habitation et construire une maison digne de ce nom. Elle devait être grande pour accueillir les nombreux garçons qu'il aurait.

Médé connaissait Yvette depuis longtemps. C'était une « voisine ». Il est vrai que dans une campagne composée de vastes rangs tirés au cordeau, le voisinage se mesurait en miles plutôt qu'en pieds. En fin de compte, il avait marié la seule femme de sa connaissance, le travail sur la terre de sa famille ne lui laissant pas l'occasion de longues fréquentations. Il avait promis de la marier lorsqu'il aurait amassé suffisamment d'argent pour s'installer. Il avait tenu sa promesse.

Yvette ne connaissait pas d'autres hommes hormis son père et ses frères. À la campagne, c'était le destin des femmes de devenir des épouses de fermiers. Elle avait accepté l'offre de Médé comme si cela allait de soi, mais sans enthousiasme. L'amour romantique n'avait pas cours sur ces terres pauvres, difficiles à entretenir, qui exigeaient toutes les énergies des paysans. Pas de loisirs, pas de plaisir. Que du travail.

Lorsque Monique — la sœur aînée de Catherine — était née, Médé s'était montré circonspect. De toute façon, il se montrait retenu dans tout. Cet homme n'aimait pas offrir le spectacle de ses réactions, tant positives que négatives. Catherine se rappelait de lui comme d'un travailleur acharné parti avant le lever du jour pour traire les vaches et revenant au crépuscule, harassé. C'était un homme taciturne préférant de loin s'asseoir sur sa chaise berçante à fumer sa pipe lorsqu'il était la maison. Même s'il parlait peu, il souriait souvent, surtout lorsque l'une de ses filles — la dernière, Évelyne — venait s'asseoir sur ses genoux. Il la regardait en riant, flattant doucement ses beaux cheveux longs et soyeux.

Médé n'était pas un homme sévère ou rigide avec les enfants. Au contraire, c'était un doux. Quand sa femme tempêtait ou grommelait sur lui ou sur les enfants, il préférait se lever et partir. Il détestait qu'on élève la voix. Il avait dû souvent subir dans son enfance les foudres des adultes, d'où son désarroi devant les montées de colère de sa femme. C'est du moins ce que Catherine en avait conclu, car il n'en avait jamais soufflé mot. D'ailleurs, il n'avait jamais parlé de son enfance.

Monique a vécu toute sa vie le syndrome du premier-né. Il a fallu d'abord qu'elle surmonte les premières réticences de son père envers elle : il avait tant espéré un garçon. Sur une terre comme la sienne, les garçons étaient précieux pour aider leur père aux rudes travaux de la ferme. Une fille, ça servait à quoi? Qui s'occuperait de l'entreprise lorsque lui serait trop vieux ou trop faible physiquement? Faudra-t-il revendre la ferme à bas prix comme lorsqu'il l'avait rachetée de ce vieux couple sans enfant?

Yvette toutefois avait été plus heureuse de sa venue. Une fille, c'était bien. Elle allait lui donner tous les conseils nécessaires pour se trouver un bon mari, du moins un mari plus prometteur que le sien. Elle avait de l'ambition, Yvette. En tous les cas, elle avait eu de l'ambition et avait un temps espéré un mariage avec un bien nanti du village. Le notaire peut-être. Ou mieux encore, monsieur le docteur. Mais elle n'avait pas beaucoup d'instruction et ses parents ne la laissaient pas sortir souvent.

Yvette se souvenait des quelques bals de village où elle avait pu aller, accompagnée par l'un de ses frères. Elle devenait toute rêveuse en racontant cette histoire. Les lumières du soir, la piste de danse, le violon et l'accordéon : tout l'éblouissait. Elle mettait sa plus belle robe, d'un beau bleu ciel. Ce qu'elle était belle, sa robe ! Sa mère la lui avait confectionnée avec ses doigts de fée. Il y avait des frisons en dentelle sur la collerette que son père avait dû payer cher au magasin général. Ses parents étaient fiers d'elle. C'était leur seule fille.

Mais il n'y avait pas vraiment de bons partis dans ce village aussi pauvre que la région. Et elle n'avait ni le courage ni les moyens d'aller voir ailleurs. Lorsque Médé s'était présenté officiellement à ses parents comme prétendant de leur fille, Yvette n'avait pas eu le choix. Même sa mère ne trouvait pas Médé à la hauteur de sa fille, mais c'était un bon garçon bien connu de tous depuis l'enfance, un travailleur ayant du cœur à l'ouvrage. Il ne prenait pas d'alcool, ou si peu, un phénomène plutôt rare chez les garçons de cette génération. Puis, il ne semblait pas s'intéresser à d'autres filles qu'à sa belle Yvette. Oui, il ferait un bon parti. Yvette s'était dit la même chose aussi, en désespoir de cause. Après tout, elle approchait de la vingtaine et elle serait bientôt vieille fille. Et cela, elle ne le voulait à aucun prix.

Yvette avait été une bonne mère. Elle s'était occupée de ses trois filles comme il se devait, en prenant soin d'elles au mieux de sa connaissance, leur inculquant les valeurs les plus importantes de son point de vue. Mais c'était une femme aigrie, déçue de sa propre vie. Elle avait le sentiment d'avoir raté les bonnes occasions, de n'avoir pas pu faire de vrais choix. On la voyait tourner en rond dans sa maison comme un hamster dans sa cage. Elle en voulait intérieurement à son mari d'être ce qu'il était et cela la rendait parfois acerbe à son égard.

Yvette ! En repensant à elle, Catherine était devenue nostalgique. Elle n'était pas très attachée à sa mère qui avait pourtant fait les bonnes choses pour elle. Mais il y avait chez Yvette un je-ne-sais-quoi de distant, de lointain qui ne donnait pas le goût de s'approcher trop près. En réalité, elle venait rarement vers ses enfants pour les serrer dans ses bras. Catherine avait longtemps pensé que sa mère n'avait pas beaucoup d'amour à donner. Et cela l'avait fait souffrir toute son enfance.

Aujourd'hui toutefois et avec le recul, elle avait appris à saisir Yvette sous un angle différent. Elle la voyait plus comme une femme qu'une mère, et cela l'attristait. Que restait-il aux femmes de cette époque désirant se sortir de leur condition ? Entrer chez les religieuses ou se marier ? Et encore, dans ce dernier cas, avait-elle vraiment le choix du mari ? Yvette aurait aimé choisir son mari. Mais à cette époque dominée par des coutumes immuables, elle n'avait pas pu et en était restée amère toute sa vie.

Le sort des femmes n'était pas tellement différent chez les Inuits. Catherine se souvenait bien d'une autre histoire racontée par Anarqaq. Cette histoire avait un titre évocateur : il ne faut pas jouer au mariage quand on est une jeune fille. Elle revoyait le visage de l'homme la racontant sur un ton grave avec de fréquentes pauses afin de bien faire comprendre le sérieux du sujet à son interlocutrice. Anarqaq possédait un réel talent de conteur, s'était-elle alors émerveillée en l'écoutant déclamer.

« Voilà les malheurs arrivés à une jeune fille qui ne voulait pas se marier et qui a décidé un jour de jouer au mariage. En guise de mari, elle avait choisi un bloc de pierre. Elle ne faisait que jouer à avoir un mari, mais la pierre devint bientôt son vrai mari. Ce qui devait arriver arriva. La compagne de la pierre resta collée à elle. Elle en était bien malheureuse. Chaque fois qu'elle voyait passer un kayak, elle criait : "Viens à mon secours, cette pierre s'est collée à moi. Approchez-vous de moi et soyez mes maris ! La pierre qui est ici est collée à moi et mes pieds sont en train de devenir des pierres". Lorsque ses jambes commencèrent à se changer en pierre, elle criait : "Viens à mon secours, cette pierre s'est collée à moi. Mes tibias se transforment en pierre maintenant." Puis ce fut au tour de son derrière : "Viens à mon secours, cette pierre s'est collée à moi. Mon postérieur se transforme en pierre maintenant." Puis ce furent au tour de ses viscères : "Viens à mon secours, cette pierre s'est collée à moi. Mes viscères se transforment en pierre maintenant." Les gens lui apportèrent de la nourriture aussi longtemps qu'il y avait encore un peu de vie en elle. Puis elle lança un dernier cri : "Viens à mon secours, cette pierre s'est collée à moi. Mon cœur devient de la pierre maintenant." Puis elle mourut. Même après sa mort, sa métamorphose se continua jusqu'à ce qu'elle ne soit plus qu'un rocher. »

Après une longue pause, Anarqaq avait levé le doigt à la manière d'un avertissement en concluant ainsi son histoire. : « Depuis ce jour, on montre le rocher aux enfants pour les prévenir du sort réservé aux jeunes filles qui veulent choisir leur mari. »

***

34

Monique était restée vieille fille. Aînée de la famille, elle non plus n'avait pas eu le choix. C'était du moins sa conviction. Mal-aimée de son père — sa conviction, là encore —, elle avait toute sa vie cherché son affection et son attention. Sur la ferme, Monique avait remplacé le garçon qu'il aurait voulu avoir en travaillant d'arrache-pied auprès de lui, d'abord en conduisant le tracteur, puis en tassant le foin dans la charrette, en montant les ballots à force de poignet dans la grange. Elle avait trait les vaches, soigné les truies lorsqu'elles avaient leurs petits, tiré au fusil sur les renards s'approchant trop près du poulailler. Elle avait même appris à réparer la machinerie et il n'était pas rare de la voir arriver pour le souper pleine de cambouis.

Monique avait quatre ans de plus que Catherine et le lui faisait bien sentir. C'était elle la cheffe quand la mère n'était pas là, donnant des directives de toutes sortes parfois incohérentes pour se donner de l'importance. Lorsqu'elle s'amusait avec ses sœurs, ce qui n'arrivait pas souvent, on devait toujours faire selon ses ordres. « Place-toi ici et toi là. Tu seras la méchante Tritri et moi je viendrai sauver la pôve petite Vivi ». Ces surnoms, elle était la seule à les utiliser, car leur maman détestait donner des surnoms. Cela faisait vulgaire. Elle avait bien fait une concession pour son mari Médé, mais c'était parce qu'on l'avait toujours connu sous ce nom.

Catherine avait appris tôt dans la vie une chose : pour éviter Monique, il fallait s'esquiver. Attentive et talentueuse à l'école, elle avait appris à lire très vite pour pouvoir se plonger le nez dans ses bouquins à la moindre occasion. Monique n'aimait pas cela. D'ailleurs, elle n'aimait pas l'école en général. « Ça va me servir à quoi d'apprendre la géographie pour travailler sur la terre ? ». Elle disait souvent à Catherine lorsque celle-ci lisait assise sur l'une des marches de la galerie : « Regardez-moi cette paresseuse ! Tu vas t'encrasser à ne rien faire ainsi en pleine journée. Va donc chercher les œufs. Tu serviras au moins à quelque chose. »

Pour Yvette toutefois, c'était différent. Elle avait remarqué le goût des études de sa fille et l'encourageait en ce sens. Elle-même avait souffert de ne pas avoir dépassé la cinquième année. Non pas que l'apprentissage du français ou de la grammaire lui plaisait. Mais c'était là le seul moyen d'avancement social dans cette société rurale pour laquelle il importait essentiellement d'apprendre l'arithmétique afin de compter les vaches, les poules et les quelques sous restant à la fin de l'année. Les plus riches — les notaires, les docteurs — étaient des gens instruits. Et les plus riches ne mariaient que des épouses ayant terminé l'école normale, c'était connu.

Monique n'était pas une rêveuse, tant s'en faut. Tout le contraire de Catherine, toujours le nez en l'air à regarder les nuages, quand elle n'était pas couchée à plat ventre sur la terre brune du jardin en train d'admirer le travail incessant des fourmis. Il lui arrivait de perdre la notion du temps et ne faisait pas ce qui lui était demandé. Cela mettait en furie Monique. Quand elle allait trouver sa mère pour rapporter l'incident, elle rencontrait inévitablement un « laisse-la donc tranquille cette petite » qui la mettait encore plus en colère. Monique ne comprenait pas l'attitude de mollesse de sa mère à son égard et elle se sentait obligée d'en rajouter.

Pour Évelyne, tout était différent. Ah Évelyne ! Le rayon de soleil de la maisonnée. C'était une enfant tout simplement radieuse, pleine de gaieté et de vie, toujours en train de rire de tout et de rien. Elle sautait de joie devant le bon gâteau de maman ou s'extasiait devant les fines lettres tracées par Catherine lorsqu'elle faisait ses devoirs. Elle attirait l'attention de toute la maisonnée par ses sauts et ses cabrioles ou inquiétait tout le monde par ses escapades aventureuses, grimpant inconsidérément dans un arbre ou courant sans regarder dans le chemin de terre où passaient trop rapidement de rares autos.

Évelyne était la cadette de Catherine de cinq ans. Elle avait été reçue comme un cadeau du ciel, car Yvette désespérait d'avoir un autre enfant tant la conception ainsi que l'accouchement de ses filles avaient été difficiles. D'ailleurs, on s'étonnait au village du nombre limité d'enfants de la famille. Trois enfants alors que la norme se situait autour de la dizaine, souvent plus. Yvette avait reçu plusieurs fois les remontrances du curé à ce sujet. Elle avait tenté de lui expliquer. Ce n'était pas parce qu'elle voulait « empêcher la famille ». Elle faisait tous les efforts nécessaires ainsi que son Médé. Or, malgré sa mansuétude affichée, le curé ne la croyait qu'à demi.

Il y avait évidemment des raisons religieuses officielles derrière cette stratégie des grosses familles. L'Église catholique refusait toute contraception, tout empêchement quelconque de concevoir, car c'était là un acte naturel voulu par Dieu. Mais des idées plus subtiles, politiques cette fois, se tenaient aussi derrière ces points de vue religieux. Les Canadiens français étaient une race affaiblie n'ayant pas cessé d'être marginalisée depuis la conquête anglaise. Selon l'élite française de Québec et de Montréal, on cherchait par tous les moyens à la faire disparaître, notamment en lui retirant les moyens économiques de subsistance, en la refluant vers les terres incultes, en la laissant ainsi mourir à petit feu. La seule solution devait être la « revanche des berceaux » : faire le plus d'enfants possible afin d'en arriver à dominer les Anglais par le nombre. Catherine n'avait jamais adhéré à ce bla-bla politique. Yvette ne pouvait pas avoir d'enfants. Point barre.

Yvette avait souffert de la situation, même si elle s'accommodait finalement assez bien d'un si petit nombre d'enfants. C'était plutôt le regard des autres qui l'affectait. Selon Yvette, on la traitait comme une « paria » — c'était son mot. Elle souhaitait tellement la reconnaissance sociale, toujours prête à s'inventer toutes sortes d'histoires pour expliquer sa situation. « Les autres sont jalouses parce que nous avons bien réussi », affirmait-elle souvent en adoptant cet air pincé typique de ces moments où elle se trouvait à court d'arguments. Pourtant, bien des mères l'enviaient secrètement, elles qui mettaient bas presque à tous les ans des enfants pas toujours désirés, et ce, jusqu'à épuisement.

Catherine adorait sa petite sœur Évelyne. Elle était si joyeuse, tellement vivante, imprévisible, vive d'esprit et curieuse. Elle aimait partir avec Évelyne en promenade en la tenant par la main. Elles allaient ensemble gambader dans les champs, cueillir des fleurs pour se les attacher dans les cheveux. Elles s'arrêtaient souvent devant le « grot'arbre » — Médé appelait ainsi le chêne majestueux trônant à l'orée de la forêt —. Toutes les deux embrassaient son immense tronc en tentant de s'attraper par les mains. Elles riaient aux éclats parce qu'elles ne pouvaient pas y arriver. Alors, elles repartaient en sautant à cloche-pied.

Évelyne était attentive à tout ce qui se passait. Elle absorbait tout comme une éponge. Catherine s'installait sur la table de la cuisine pour la faire dessiner, pour lui montrer ses premières lettres sous le regard bienveillant de leur mère. Elle lui faisait pratiquer ses gammes sur le vieux piano droit du salon. Aussi paradoxal que cela puisse paraître, tous les foyers ruraux ou presque avaient un piano droit dans le salon, un salon fermé seulement accessible d'ordinaire lors de la visite du curé. Le piano ne servait jamais, car personne ne savait en jouer. Mais toutes bonnes familles se devaient d'en avoir un. Catherine avait déjà commencé à apprendre le solfège à l'école et redonnait à la petite le peu qu'elle connaissait. Évelyne, dans la mesure de ses moyens et de son âge, s'appliquait au mieux et faisait son possible pour comprendre.

Catherine en était persuadée maintenant : sa vocation d'enseignante était apparue à cette époque-là.

La petite Ituliaq, l'une de ses élèves dans sa classe de Quarpuq, ressemblait tellement à Évelyne. Pas physiquement évidemment. Elle était très typée avec ses cheveux et ses yeux bruns, ses yeux en amande et son visage tout rond. Mais Catherine retrouvait en elle le même esprit vif, le même désir d'apprendre. Les débuts dans sa classe furent plutôt pénibles. Elle ne parvenait pas à se concentrer, regardait souvent par la fenêtre, ne répondait pas aux questions. Catherine était habituée à ce genre de comportement des enfants et ne s'en préoccupait guère. Après tout, n'avait-elle pas appris avec le temps que ces enfants n'étaient pas vraiment d'ici ? Elle s'en était accommodée. De plus, et c'était une autre différence avec Évelyne, Ituliaq était particulièrement malhabile, tombant souvent en courant ou se cognant sur les bureaux.

Un jour toutefois, Catherine avait posé une question à Ituliaq sur le mot écrit au tableau. La petite avait plissé les yeux en approchant la tête. Soupçonnant quelque chose, elle lui avait demandé de se lever et de s'approcher plus près afin de lire le mot, ce qu'elle avait fait avec assurance. Ituliaq était myope, tout simplement, de cette myopie d'enfance se résorbant avec le temps. Elle avait aussitôt contacté ses parents pour leur parler de son problème : Ituliaq avait besoin de lunettes. Ces derniers avaient été réticents dans un premier temps. Personne n'avait jamais eu besoin de ces appareils que les Blancs portaient souvent, mais pas les Inuits. Évidemment, ils possédaient bien de ces lunettes fabriquées dans des os de côtes de phoque dans lesquels on avait percé de petites fentes, mais c'était pour se protéger du soleil éclatant sur la neige. Qu'avait-elle besoin de cela sous la lumière artificielle d'une école ?

Après moult palabres et la promesse de n'avoir rien à débourser, elle s'était occupée de lui obtenir les verres. À Quarpuq, on ne trouvait pas d'oculiste, bien évidemment. Cela n'avait pas été une mince affaire de lui faire faire des tests, de passer la commande et d'attendre que l'avion arrive avec le précieux colis.

Catherine avait été récompensée au centuple en voyant le visage d'Ituliaq s'illuminer lorsqu'elle avait posé pour la première fois ses lunettes toutes menues sur son tout petit nez. Ituliaq avait d'abord été très surprise en regardant ses cahiers. Elle avait commencé à lire tout haut quelques lignes, puis lui avait souri. Une enfant inuite qui souriait ! À un moment, elle avait même éclaté d'un rire franc et juvénile en mettant une main sur sa bouche. Catherine en avait eu les larmes aux yeux.

Après cela, Ituliaq s'était développé à un rythme accéléré. Elle voulait tout savoir tout de suite. Il lui arrivait même de demander de rester un peu après la classe pour l'aider à solutionner un problème de mathématiques plus difficile. Ituliaq était devenue sa meilleure élève et, Catherine pouvait bien se l'avouer maintenant, sa préférée.

Après quelques années de présence au Nunavik et un apprentissage intensif d'inuktitut, Catherine avait voulu savoir pourquoi Ituliaq portait un nom de garçon. La réponse fut longue à venir et — paradoxalement — pas des parents, lesquels avaient refusé poliment de le lui dire. Elle en avait demandé la raison à Tulimaaq lorsqu'elle était devenue un peu plus familière avec lui,

« familière » étant un bien grand mot pour le type de relation entretenue avec ce personnage effacé et peu disert.

Tulimaaq lui en avait donné l'explication. Contrairement aux Blancs pour qui le choix d'un nom était presque une formalité, les Inuits s'engageaient dans un processus fort complexe en cette matière. D'abord, on discutait longuement avant de donner un nom à un nouveau-né. Avant tout, il fallait comprendre les différents mouvements dans l'univers des morts. Dans le cas de la petite, le père de sa mère — qui s'appelait Ituliaq — avait été exposé à des forces maléfiques, car il avait transgressé une règle de son vivant qu'il avait refusé d'avouer. Tulimaaq n'avait jamais su laquelle de ces règles malgré son don de divination. De plus, la mère de la petite Ituliaq avait eu un bébé mort-né avant elle et l'âme de celui-ci tirait sur le cordon d'Ituliaq pour l'empêcher de sortir, ralentissant de la sorte l'accouchement. Ainsi, Ituliaq était morte pendant un certain temps jusqu'à ce que Tulimaaq, appelé à la rescousse, invoque le nom du grand-père en lui criant « Viens ! Viens renaître dans le corps de ta petite-fille ! »

Aussitôt, l'âme du grand-père d'Ituliaq avait décidé de répondre à l'appel du chaman et de s'introduire dans le fœtus, lui procurant du coup sa vie, son nom et son sexe. Voilà pourquoi l'enfant avait reçu le nom de son grand-père. Depuis ce temps, la mère de l'enfant l'appelait « mon petit papa » et Ituliaq disait de sa mère que c'était « sa grande fille ». Catherine avait finalement compris pourquoi Ituliaq s'habillait toujours en garçon, même si elle était indéniablement une fille. Comme l'avait expliqué Tulimaaq, lorsqu'Ituliaq aura ses premières règles, à l'adolescence, elle pourra dès lors s'habiller en fille et accomplir du travail de fille.

En repensant à ce que Tulimaaq avait dit de la petite Ituliaq, Catherine s'était surprise à sourire. Il lui revenait en mémoire sa sœur Monique. Il lui était sûrement arrivé une chose semblable à sa naissance. Monique était un garçon manqué, cela était une évidence pour tout le monde : « mon Dieu que ta fille est *Tom Boy* ! » comme l'on s'exclamait souvent devant Yvette. Pourtant sa mère avait tout essayé pour souligner sa féminité. Lorsqu'elle l'habillait dans une belle petite robe, Monique trouvait toujours le moyen de la salir ou de la déchirer peu de temps après. Et que dire de ses premiers — et derniers — souliers vernis ?

Du plus loin qu'elle se souvienne, Monique avait toujours préféré les outils que son père recevait en cadeaux aux belles poupées joufflues achetées à prix d'or au magasin général. Un jour, Médé lui avait fait une petite table à thé pour ses poupées qui était, ma foi, fort habilement tournée. Au lieu d'apprécier, Monique avait fait une crise. Elle accompagnait toujours son père lorsqu'il faisait du bricolage. Mais cette fois, comme c'était une surprise, Médé avait pris moult précautions afin qu'elle ne s'aperçoive de rien. Il ne s'attendait sûrement pas à ce type de réaction. En tout état de cause, elle n'avait jamais fait prendre le thé à ses poupées, ce qui avait fait le bonheur d'Évelyne quelques années plus tard alors qu'elle avait organisé sur cette table de très nombreuses réunions sociales avec Suzette, Violette, Iris et même Grognon l'ourson.

Comme Catherine était quand même un peu plus jeune que Monique, elle n'avait pas tout de suite compris les pleurs de celle-ci lors de ses premières menstruations, des pleurs non pas de douleur, mais de déception. Elle ne serait jamais un garçon et cela la frustrait terriblement, ce qui ne l'avait pas empêchée toutefois d'être plus attirée par les garçons, et ce, pour d'autres raisons que leur qualité de menuisier.

Catherine avait compris aussi plus tard pourquoi Monique était si malchanceuse avec ses partenaires masculins. En fait, elle procédait dans ses approches comme un garçon le fait avec une fille, prenant les devants avec des manœuvres malhabiles de séduction en parlant de la récolte difficile cette année-là ou des vaches dont le rendement était moins bon qu'avant. Il lui arrivait même, quand un garçon lui plaisait vraiment, de prendre la liberté de vouloir l'embrasser de façon si soudaine et si impétueuse qu'il le ressentait comme une agression. Les garçons avaient appris assez vite à prendre les jambes à leur cou devant cette énergumène ne jouant pas le jeu comme il se devait. Ils voyaient immédiatement les dégâts futurs dans leur vie de couple s'ils devaient s'engager avec elle. Et cela valait aussi pour les plus dociles et les plus placides d'entre eux.

Catherine avait continué de sourire en se remémorant cette sœur pas vraiment comme les autres. Monique aurait tant voulu ne rien voir changer dans son monde protégé. Elle avait fini par se résigner à ne pas trouver l'âme sœur capable de l'accompagner dans son travail sur cette ferme tant aimée. Elle se voyait comme l'héritière non seulement de cette terre ingrate, mais de tout un mode de vie formant le socle sur lequel reposait ce pays. C'était la garante de la continuité, de la tradition. Elle se comprenait comme la digne représentante d'une race refusant de s'éteindre. Un jour, la terre familiale lui reviendrait et elle poursuivrait la mission, même s'il semblait clair que plus personne ne prendrait la relève par la suite. Elle s'était refusée à y penser.

Monique n'avait pas compris que les temps changeaient. Une révolution culturelle, « tranquille » disait-on, était en cours dans ce Canada français frileux et replié sur lui-même. C'était au temps des slogans de réforme, des « désormais », des « maîtres chez nous ». Un grand bond en avant se préparait dans ce Québec trop longtemps nostalgique et figé. Des structures sociales anciennes se délitaient, de nouvelles apparaissaient plus novatrices, plus ouvertes sur le monde. Et Monique avait regardé passer le train, comme ses troupeaux de vaches le long de la voie ferrée sillonnant les confins de la terre familiale. Elle était convaincue que rien ne bougerait jamais dans ces paysages vallonnés et paisibles.

***

La neige tourbillonnait de plus en plus dans la plaine. Les flocons étaient éclairés bizarrement par une lune faiblarde réussissant à peine à percer les nuages. Catherine avait cessé de sourire. Après avoir enlevé l'une de ses moufles pour s'essuyer le visage mouillé par la neige, elle avait regardé ses doigts bleuis et s'était remémoré la première fois où elle avait eu tant froid.

C'était il y a longtemps, à l'école primaire, en deuxième ou en troisième année. Au contraire de Monique qui avait fait ses premières études dans l'école de rang situé pas tellement loin de la maison, Catherine devait prendre l'autobus d'écolier pour aller à l'école du village. Il fallait marcher une quinzaine de minutes afin d'aller l'attendre sur le bord de la grande route. Tout se passait très bien en général. L'autobus l'embarquait la première parce qu'il commençait sa tournée avec elle, sa famille étant la plus éloignée du village. Monsieur Bernier, le chauffeur, était très gentil. Plutôt corpulent, il avait de grosses moustaches brunes soulignant un nez rubicond et grenu. Catherine était fascinée par son appendice nasal et ne manquait pas une occasion de lui jeter un coup d'œil discret. À son entrée, monsieur Bernier la gratifiait toujours d'un large sourire en lui lançant « bonjour, la p'tite mam'zelle. Ça va toujours ben à matin ? »

Or un jour, c'était en plein mois de février, l'autobus avait pris beaucoup de retard par un froid à casser les pierres. Plutôt que de revenir à la maison, une longue promenade tout de même, Catherine avait préféré attendre. Pour la première fois de sa vie, elle avait ressenti le froid intense, le froid cruel et paralysant. Or paradoxalement, ce froid avait eu sur elle un effet plaisant et rassurant. Tout était plus clair dans son esprit au sein de cet univers glacial, tout était plus calme aussi.

Elle avait compté les glaçons sur le sapin d'en face, puis recommencé pour être plus sûre de leur nombre. Elle avait vu dans le ciel des moutons blancs poussés par un petit chien de berger, une licorne se transformant en lapin, une tortue prenant tout son temps. Elle avait sautillé sur place en vagabondant dans un château tout blanc, en se promenant dans un jardin immaculé, en cueillant des roses blanches tout en scrutant l'horizon pour voir si son preux chevalier arrivait sur son cheval blanc. Il l'enlèverait pour de grandes aventures dans des pays inconnus. Ils parcourraient ensemble le monde. Il ne la quitterait jamais.

Lorsque le bus était arrivé enfin — cela devait bien faire près d'une heure d'attente —, Catherine était littéralement frigorifiée. Sœur Marguerite était descendue à la course pour la prendre dans ses bras et la transporter dans le bus. Elle avait retiré son propre manteau noir de laine et l'avait enroulé dedans tout en la frottant vigoureusement de ses bras étonnamment puissants pour une si petite femme. Elle avait parlé très fort au chauffeur en lui criant presque : « Bernier, je ne vous pardonne pas cet oubli. Vous êtes encore en boisson ? C'est la dernière fois, vous entendez ! Je vais vous faire renvoyer ». Monsieur Bernier, qui n'était pas un mauvais bougre malgré son penchant pour le gros gin, avait baissé la tête, tout penaud, embrayé son véhicule et était reparti en vitesse vers l'école. On ne l'avait plus jamais revu après cet incident.

Catherine aimait beaucoup Sœur Marguerite, même si celle-ci était crainte en général non seulement des élèves, mais aussi des jeunes institutrices de l'école. La plupart d'entre elles étaient de jeunes célibataires et devaient le rester. Elles faisaient ce métier en attendant de se trouver un mari. Sœur Marguerite était la directrice. Plutôt sévère, elle ne laissait rien passer concernant la discipline dans cette école de filles. Pourtant les filles étaient beaucoup plus sages — ou plus hypocrites, selon le point de vue — que les garçons de l'autre côté de la rue.

Sœur Marguerite s'était gardé une seule matière d'enseignement : la musique. Elle jouait fort bien du piano. Elle avait rapidement saisi l'intérêt de sa petite élève pour la musique et lui trouvait un certain talent. Catherine apprenait avec facilité le piano et avait rapidement assimilé le solfège et la théorie musicale de base. De plus, elle chantait dans la chorale avec une voix juste et semblait grandement appréciée.

Sœur Marguerite organisait toutes les deux semaines une heure musicale. Elle réunissait à cette occasion les écolières les plus talentueuses, dont Catherine, la plus jeune du groupe. Elle choisissait avec soin les morceaux joués sur le seul tourne-disque de l'école auquel elle tenait comme à la prunelle ses yeux. Catherine la revoyait encore essuyer consciencieusement d'un chiffon doux la surface du vinyle. Elle introduisait la précieuse aiguille dans la tête de lecture en la sortant de son contenant de plastique comme si c'était le petit Jésus.

Pendant ces périodes, les élèves étaient initiés aux grands classiques. Sœur Marguerite faisait jouer du Bach, du Mozart, du Haendel, parfois du Beethoven et du Mendelssohn. Elle commentait non seulement le style, mais aussi l'intention de l'artiste, soulignant le rôle des violons altos qui, jouant en mineure, venaient amplifier la mélancolie du passage, puis haussaient le ton par-dessus le son des trompettes afin de relever leur vivacité et leur gaieté. En somme, elle montrait comment écouter vraiment la musique en la laissant pénétrer profondément en soi. Catherine avait pu ainsi accéder à un tout autre monde plein de grandes émotions, de passion et d'imagination qui lui avait échappé jusqu'alors.

Sœur Marguerite, si réservée d'habitude, devenait véritablement enflammée en parlant de Bach « le compositeur le plus proche de Dieu », comme elle le disait. Elle faisait jouer ses fugues si vivantes, quelques Gloria aussi. Des messes complètes parfois. « Ta-da-da… ta-da-da… ta-da-da… ta-da-da ». Catherine s'était surprise à fredonner le *Oh Jésus que ma joie demeure* sans réaliser l'incongruité de cet air dans cet univers vide, tout blanc et si froid où elle se trouvait à présent. Elle le faisait toujours lorsqu'elle se sentait déprimée ou dépossédée d'elle-même, ce qui lui arrivait de plus en plus souvent. Cet air choral si lumineux réussissait à la sortir de soi encore aujourd'hui, à lui faire retrouver un peu de cette enfance perdue lors de laquelle elle avait vécu de si profonds sentiments religieux.

Quelle musique céleste ! Catherine s'était alors remémoré cette période très pieuse, se rappelant encore avec chaleur ces grandes émotions vécues à l'église pendant certaines messes. Quand le prêtre levait au ciel l'hostie, il lui remontait parfois une telle quantité d'amour qu'elle en restait figée, oubliant de se relever de l'agenouilloir, ne pouvant imaginer alors instant plus sublime.

Puis il y avait eu ces moments de ravissement pendant lesquels, chaque fois, elle voulait passer toute sa vie avec Jésus. Pendant son école primaire, Catherine avait voulu être religieuse pour se consacrer corps et âme à son Jésus. Elle voulait l'aimer comme l'avaient fait les saintes femmes effondrées au pied de la croix, un événement illustré dans l'une des peintures de l'église.

Pourtant, ces peintures étaient de véritables croûtes. Le curé de l'époque les avait peintes lui-même parce qu'il ne voulait pas dépenser les précieux sous de la paroisse à des choses non essentielles selon lui. Le style était pompier, inspiré de l'école sulpicienne, comme toutes les peintures d'église de l'époque, mais en plus mauvais. Cela lui importait peu, toujours fort émue de voir ces femmes pleurant à chaudes larmes devant ce crucifié au corps presque nu brisé et ensanglanté.

Marie-Madeleine surtout la touchait, cette ancienne prostituée — le curé en parlait plutôt comme d'une « pécheresse » — convertie par l'amour de son Seigneur. Son attachement était tellement entier, unique, passionné qu'elle était prête à mourir pour lui. Il ne pouvait y avoir de plus grand amour que celui pour Jésus. Aucun amour terrestre ne pouvait se comparer à celui-là.

Le visage de Catherine s'était rembruni maintenant, peut-être à cause de ce souvenir. Peut-être aussi parce que lui remontaient des émotions difficiles à contenir. « Ce que je pouvais être naïve ! » avait-elle marmonné. Puis, son agitation avait recommencé. Malgré le froid, les pensées malsaines avaient recommencé à surgir dans son cerveau embrouillé. Elle revoyait Xavier, torse nu, avironnant avec force dans son canoë sur le lac. Cet été-là, un été particulièrement chaud, elle s'était proposée pour accompagner les élèves au camp avec quelques autres enseignants. On la trouvait tellement généreuse de son temps, notre gentille Catherine aimée de tous. Si patiente avec ses élèves, si souriante avec les parents et ses collègues. Si douce aussi.

La nature dans laquelle le camp la plongeait lui rappelait évidemment les bons moments sur la ferme familiale. Il lui semblait important de faire découvrir aux jeunes toutes les merveilles de cette nature dans laquelle elle avait baigné dans son enfance. La plupart de ces garçons et de ces filles étaient nés en ville. Les seuls vrais arbres rencontrés dans leur vie étaient des arbustes anémiques perçant difficilement dans le béton des trottoirs. Ils ne savaient pas comment se comporter en campagne. Trop préoccupés à chasser les moustiques, ils en oubliaient le paysage. Trop effrayés par l'eau, ils n'osaient pas y plonger même si le lac était peu profond. On voyait plusieurs d'entre eux, de durs à cuire en ville, marcher tout penauds dans les sentiers comme s'ils cherchaient leur maman.

Cet été-là, elle s'était particulièrement démenée pour rendre les jeunes heureux de leur séjour, faisant faire des randonnées en forêt aux garçons, jouant au ballon avec les filles. La baignade était une nécessité pour tous. Il n'était pas question de passer une journée sans faire une « p'tite saucette », même par temps de pluie. Catherine se donnait beaucoup de mal, exigeait beaucoup de son corps peu habitué aux exercices physiques. Beaucoup plus tard — lorsqu'il était déjà trop tard —, elle avait compris les raisons de ces efforts disproportionnés.

Catherine avait renoncé depuis longtemps déjà à devenir religieuse. L'épreuve — la terrible épreuve — vécue à l'époque du pensionnat, si loin de sa famille, avait quelque peu ébranlé sa foi. Elle avait beaucoup pleuré et s'était remise en question, sans perdre pourtant cette envie de s'occuper des autres. C'était l'une des leçons de la religion chrétienne. Son amour pour l'Époux unique s'était transformé en un amour à partager avec les autres, avec les jeunes. L'enseignement allait devenir sa raison d'être : elle serait la meilleure, la plus attentive, la plus prévenante, la plus juste.

« Oui ! la plus juste… Oh vraiment ? »

Cette dernière remarque murmurée doucement l'avait fait pleurer. Les larmes gelaient aussitôt sorties de ses paupières. Sans avoir pris la peine d'enlever ses moufles épaisses, elle avait essuyé les gouttes glacées figées sur ses joues. Les souvenirs, les plus pénibles de ses souvenirs, lui revenaient maintenant, plus intenses, plus violents.

Catherine avait relevé la tête vers l'horizon en invoquant de nouveau son *Tuurnqaq* : « Où est-ce que tu es ? Vas-tu venir enfin ? » s'était-elle exclamée dans un souffle. « Je t'attends ! Je t'attends ! » Et les larmes avaient repris de plus belle. Elle pleurait dans un petit gémissement qui résonnait dans le silence de l'air glacial de novembre.

Chapitre 3

Catherine avait cessé de pleurer depuis un bon moment. Pleurer n'était pas dans ses habitudes. Dans sa famille, montrer ses émotions de cette façon n'était pas approprié, même pour une fille. Pourquoi ? s'était-elle souvent demandé sans trouver la réponse. La vie rude des fermiers les avait peut-être façonnés ainsi ? Les paysans se devaient d'être des gens stoïques tant les épreuves étaient nombreuses : un troupeau toujours menacé par la maladie, l'incertitude face à un climat pouvant à tout moment gâcher une récolte, un travail harassant qui ne laissait pas le temps de se plaindre. On apprenait tôt à s'accommoder de ce que le Bon Dieu nous donnait sans poser de question. Pleurer était un signe de désespoir et il n'y avait pas de place pour ce sentiment sur une ferme. Même la tristesse — et Dieu sait qu'il y avait de nombreuses occasions d'être triste — n'était pas une raison de chigner. Le travail était le meilleur consolateur.

Toujours adossée sur son *Inukshuk*, elle s'était remise dans une attitude de supplication, comme à chaque fois où des émotions troubles surgissaient. Cela l'apaisait. Son capuchon était profondément enfoncé sur sa tête. Elle regardait avec attention son jean se couvrir de neige, car l'averse se faisait de plus en plus présente et les flocons de plus en plus nombreux. Après qu'elle eut secoué les deux jambes, la poudreuse collée dessus s'était détachée en levant dans une espèce de nuage de neige. Et cela lui avait fait penser à Michel.

Pourquoi donc penser à Michel ? Ah oui, le souvenir lui revenait maintenant. Il avait ces mots à propos de la neige lorsqu'il parlait avec entrain de ses parties de hockey, un sport qu'il adorait pratiquer. « Tu sais, il n'y pas grand-chose de plus beau que ce moment magique où tu fonces sur la bande à une vitesse folle et où tu t'arrêtes brusquement à quelques pouces en freinant du côté des patins de toutes tes forces. Ça fait, tu vois, une espèce de nuage de neige… » Il disait cela en faisant un grand geste démonstratif avec ses bras. Elle ne comprenait pas l'enthousiasme de Michel pour ce genre de choses.

Un soir, il était venu s'asseoir directement à sa table sans permission, comme d'habitude, mais pour la première fois avec un livre à la main. En venant souper au centre communautaire, Catherine ne pouvait l'éviter, ni lui ni tous les autres d'ailleurs. Ce soir-là, elle n'avait pas eu le choix. Il n'y avait plus rien dans le réfrigérateur et sa présence à l'école s'était terminée très tard après avoir fait la rencontre des parents afin de leur remettre les résultats des examens de mi-saison.

Ces rencontres ne représentaient pas vraiment une tâche déplaisante, au contraire du temps de son enseignement à Montréal. Ici, on pouvait faire avancer les choses auprès des parents. Il lui arrivait aussi d'apprendre un peu de la culture inuite lorsque la conversation parvenait à s'engager, plutôt rarement d'ailleurs. La qualité du rapport entre les enfants et leurs parents avait toujours été un sujet d'étonnement. Les Inuits considéraient comme une transgression importante de maltraiter les enfants ou même de ne pas en prendre suffisamment soin. Le cas échéant, la communauté punissait sévèrement les coupables. Il existait quelques histoires portant sur le sort réservé à des familles ayant recueilli des orphelins pour mieux les réduire en esclavage et les battre. À l'âge adulte, ces derniers revenaient et exerçaient sur ces familles de terribles vengeances.

Donc, Michel était venu s'asseoir à sa table en laissant tomber un livre sur la surface en Formica. Catherine ne manifestait pas beaucoup d'intérêt pour ce grand gaillard sportif aux épaules carrées et un peu trop bavard. D'ailleurs, n'avait-elle jamais montré un quelconque intérêt pour un homme de son âge à Quarpuq ? De toute façon, le peu d'hommes blancs venaient ici seulement pour quelques jours, en villégiature pour la pêche ou la chasse. On y voyait aussi deux ou trois ouvriers travaillant aux infrastructures de la région. Or ceux-ci ne s'intéressaient qu'à une seule chose : prendre l'avion au plus vite pour retourner dans le Sud après une période beaucoup trop longue à leur goût au Nord. Parmi les Blancs, on retrouvait également plusieurs travailleurs de la nouvelle mine de sulfure de nickel exploitée plus loin à l'est du pays.

À bien y penser maintenant, Michel était le seul Blanc de son âge à séjourner en permanence à Quarpuq. Il n'avait eu aucune gêne à lui dire son âge. D'ailleurs, il n'avait jamais aucune gêne à dire que ce soit. Michel n'était pas un être — elle avait cherché le mot — inhibé. « J'ai trente-quatre ans, le plus bel âge. Tu ne crois pas ? » Sa question, purement rhétorique, n'amenait aucune réponse, comme d'habitude.

Ce jour-là, Michel était arrivé avec un livre à la main. Il l'avait déposé sur la table, le titre en évidence et lui avait demandé :

« Tu connais ce livre ?

— Oui, bien sûr, lui avait-elle répondu en reconnaissant *Pour qui sonne le glas*.

— C'est merveilleux et triste à la fois cette histoire d'amour entre Jordan et Marie alors qu'ils sont convaincus que leur passion sera courte et que la mort les attend bientôt. Tu ne trouves pas que l'amour, ça peut arriver n'importe où et n'importe quand ? »

Avant d'avoir eu le temps de répondre, il s'était engagé dans une nouvelle envolée sur le sacré caractère de Jordan, sa détermination, son courage. « Lui, c'était un homme, un vrai, disait il. »

Suite à une question de Michel sur son appréciation, elle avait cette fois répondu :

« Un beau livre, certainement. Mais je le trouve un peu trop… masculin justement. Je pense que c'est un fantasme d'homme, sans plus.

— Tu veux dire quoi ?

– Ben, tu vois, le guerrier courageux qui sauve la belle dame, lui fait l'amour, puis qui va mourir au combat. Un beau fantasme !

— L'auteur, Hemingway, lui, il était comme ça, non ?

— C'est certain ! Il a écrit ce livre bien au chaud dans un hôtel à La Havane, lui avait-elle répondu sur un ton ironique.

– Oui, peut-être, mais il a participé à la guerre civile espagnole dans les *Brigades internationales*…

— … comme correspondant d'un journal américain et non comme combattant.

— Tu ne crois donc pas au grand amour, à l'amour-passion ? »

Catherine n'avait pas répondu à cette question, le terrain étant beaucoup trop glissant. Afin de détourner le sujet, elle lui avait posé une autre question.

« Toi, Michel, c'est quoi ta passion ?

— Le hockey évidemment ! Quelle question ? Le hockey. Tu sais que j'ai failli passer chez les juniors A quand j'étais jeune. J'étais ailier gauche et je jouais sacrément bien. T'aurais dû me voir sur la glace, une vraie comète. Puis le bâton, je savais quoi faire avec lui. Dès que le *puck* arrivait dessus, je filais comme une balle. »

Chaque fois que Michel parlait de hockey, il s'emballait comme un enfant. Il faisait des gestes, sautait sur son siège, lançait un *puck* imaginaire. Cela aurait pu choquer la réserve habituelle de Catherine, mais elle le trouvait malgré tout amusant dans ces moments-là. C'était un homme curieux, s'enthousiasmant pour un rien, jamais maussade, animé d'une joie de vivre incontestable.

À cette occasion, il lui avait confié comment il était « coincé » plus jeune — c'était son mot. L'Expo 67 l'avait sorti de sa coquille.

« Une période merveilleuse, disait Michel. On découvrait autre chose que nos ruelles sales de Montréal où les seules choses extraordinaires dans nos vies ridicules étaient la dernière auto achetée par M. Robitaille ou la rencontre d'un vendeur itinérant avec un accent italien. Tout à coup, le monde s'ouvrait devant nous. On allait visiter le pavillon des pays avec des noms pas possibles : la Thaïlande, le Koweït, le Rwanda, la Yougoslavie. On mangeait des repas dont on n'avait jamais même imaginé qu'ils existaient. Et c'était bon. Très bon ! Ça nous changeait des hot-dogs et des frites. Puis c'était de voir ces pavillons : la grosse boule des États-Unis et l'immense pavillon de l'URSS avec sa fusée en dedans. Et le plus beau à mon goût, le pavillon français. Il était vraiment beau ! »

Pour Catherine, l'Expo 67 était un très vague souvenir. À cette époque, elle était pensionnaire chez les Ursulines de Québec, ce qui la mettait doublement en porte-à-faux par rapport à cet événement qui se passait dans la grande métropole. D'abord le fait d'être pensionnaire la coupait d'un bon nombre d'informations sur le monde. De plus, Québec ce n'était pas Montréal. Les changements culturels et sociaux y arrivaient sur le tard.

« En tout cas, c'était un sacré bon temps, avait continué Michel. Tout s'en allait dans toutes les directions. On jetait par-dessus bord pas mal d'affaires qu'on considérait comme des vieilleries. Je me suis mis à tout contester, moi qui avais toujours été le bon p'tit gars à sa maman. Je n'allais plus chez le barbier, à son grand désespoir. Je me laissais allonger les cheveux et pousser la barbe. C'est là que j'ai commencé à me tenir avec des gangs de copains et de copines. On écoutait *Jefferson Airplane, CCR, Crosby, Still, Nash & Young* en fumant autre chose que des cigarettes. Tu connais ?

– Quoi ? La musique ou le "autre chose que des cigarettes" ?

— En tout cas, avait continué Michel sans répondre à sa question, c'était le bon temps ! Je me rappelle bien quand je suis parti en voyage pour la première fois. L'idée m'était venue quand Charlebois avait sorti pour la première fois sa chanson "En Californie". Maudit que ça m'avait fait triper ! »

Michel avait alors raconté en détail son voyage de quelques mois à San Francisco. Il s'était étendu longuement sur les séjours sur les plages californiennes où l'on passait la journée complètement *stone*, à se baigner dans la mer tout nus ou à jouer de

56

la mauvaise musique à la guitare en frappant sur des bongos improvisés. Il lui avait même avoué y avoir perdu sa virginité. Catherine avait souri, non pas de l'événement lui-même, mais de la naïveté avec laquelle il en avait parlé. Michel avait gardé une certaine fraîcheur d'enfant et cela, elle était capable de l'apprécier.

Ce jour-là, Michel était particulièrement en verve. Il avait continué à lui raconter très librement cette période de sa vie.

« Je te dis, c'était le paradis sur terre. Mais finalement, au bout du compte, je suis revenu à Montréal, comme dans la chanson de Charlebois, dans un avion bleu de mer. Je suis revenu avec un peu moins d'illusion sur le paradis. J'avais appris que ces beaux moments avaient un prix. J'me souviendrai toujours de cette fois-là. La gang de hippies avec laquelle je me tenais était allée squatter l'appart d'un ami pour fêter ensemble autour de la pipe à haschisch. Fêter quoi ? On ne le savait pas. Quand on est arrivé sur place, l'ami en question était couché sur un sofa, mais personne n'y faisait attention, sauf moi. Il était sale, ses longs cheveux blonds en désordre. Je le regardais trembler de partout, les yeux dans le vague. Il avait des plaques rougeâtres sur la peau du visage. Il n'était vraiment pas bien, mais personne n'y faisait attention.

Puis à un moment, un gars est entré. Ce n'était pas un gars comme nous autres. Il était *straight*. Il était venu remettre un petit sachet à l'ami qui n'attendait que ça. Il est parvenu à se lever à moitié, à récupérer un kit qu'il gardait près de lui : une petite cuillère, un briquet. Puis, il s'est fait chauffé une concoction de c't'affaire-là. Ensuite il a pris une seringue et il s'est *shooté* avec. Et personne ne faisait attention à lui pendant tout ce temps-là.

Je te dis que là, j'ai commencé à avoir peur. Pas sur le coup. Pas quand il s'est *shooté*. J'étais seulement intrigué à ce moment-là. Non, j'ai eu peur plus tard quand j'ai revu l'ami dans la soirée. Il était tout propre, les cheveux frais lavés. Il marchait avec énergie dans le parc en s'arrêtant pour saluer les hippies qui se trouvaient là. Il souriait, sûr de lui. Il n'y avait plus aucun signe de maladie, de rougeurs ou de tremblements. C'était un hippie parmi les autres hippies. C'est là que la peur m'a pris. Je me suis dit que si c'était ça le paradis de la liberté, si c'était de vivre esclave de c'maudite drogue-là, si c'était ça la condition pour être heureux, ça ne m'intéressait pas. Alors je suis revenu. »

Pendant cette conversation avec Michel, ce monologue plutôt, Catherine se disait comment tout un pan de sa vie durant cette période lui avait échappé. Elle vivait alors dans un tout autre monde, ouaté, rempli de douceur et d'innocence, imperméable aux aléas d'une société dont les nouvelles lui arrivaient seulement par à-coups à travers les journaux et la radio — les Ursulines n'avaient pas voulu faire entrer la télé.

***

À présent, il faisait nuit. Dans le Grand Nord, la nuit n'était jamais vraiment la nuit, même sous un ciel sombre comme aujourd'hui. La blancheur immaculée de la neige créait toujours une espèce de lumière blafarde surgissant du sol. On n'y voyait pas comme en plein jour évidemment. Mais ce n'était pas non plus le black-out total faisant de nous des aveugles incapables de se mouvoir sans se cogner partout.

Catherine commençait à avoir sommeil, mais elle ne devait pas dormir. Elle le savait. Cela faisait partie des enseignements de Tulimaaq de ne jamais céder au sommeil à l'extérieur sans qu'un feu, même le plus petit, nous protège du rude climat polaire. Il était évidemment dangereux de ne jamais se réveiller dans un froid aussi intense. Mais Tulimaaq, lui, avait une autre interprétation. Les rêves qui « disent la vérité » venaient pendant le sommeil. Et même si les rêves n'étaient pas tous similaires, certains nous faisaient mourir. Les esprits dès lors s'emparaient de nous et nous emportaient dans le royaume des morts sous la mer. Il n'était pas rare que l'on n'en revienne jamais.

Tulimaaq ! Quel personnage tout de même ! C'était un homme d'à peine la soixantaine, mais étonnement robuste pour son âge. Non pas qu'il ait été très grand. Au contraire, il était plutôt petit, mais râblé comme ces pêcheurs de la Gaspésie. Il était aussi très fort. On racontait à son sujet — mais on racontait tant de choses à son sujet — l'avoir vu un jour tirer son traîneau sur plusieurs kilomètres, car il avait dû manger ses chiens après s'être longtemps perdu dans le blizzard.

Il avait le visage buriné et ridé de ceux passant beaucoup de temps à l'extérieur. De fait, on le voyait peu au village, car il avait gardé ses habitudes de nomades. On le voyait parfois venir se réapprovisionner, puis il repartait avec ses chiens — pas de skidoo pour lui — pour des semaines. Ses séjours au village pendant le court été étaient plus longs. Mais il n'était quand même pas rare de le voir partir avec quelques bagages dans son kayak pour aller installer sa tente de peau de phoque près d'un endroit particulièrement poissonneux dont lui seul connaissait le secret.

Catherine l'avait toujours vu seul, sans femme ni enfants. On disait qu'il avait déjà été marié et avait eu quelques enfants. Ils seraient tous morts lors d'une expédition de chasse. Lui et sa famille étaient partis les premiers en éclaireur. Deux ou trois autres familles devaient les rejoindre. Mais une terrible tempête de neige s'était abattue peu de temps après leur départ, obligeant les autres familles à rebrousser chemin. Tous avaient été très inquiets de ne pas voir revenir la famille de Tulimaaq. À l'époque, il n'y avait pas comme aujourd'hui de moyens de communication comme les CB. Après presque une semaine, plusieurs des hommes de la communauté ont pu appareiller pour les retrouver. Ils sont partis longtemps, longtemps. Quand ils sont revenus, ils avaient retrouvé Tulimaaq, seul. Il ne lui restait plus que les os et la peau. Son visage était émacié et les yeux lui sortaient presque des orbites. Tous les membres de sa famille étaient morts de froid et de faim. On s'était longtemps demandé comment Tulimaaq avait survécu.

Au début, Catherine n'avait pas fait attention à lui. On le voyait peu, il est vrai. Les rares fois où Tulimaaq circulait dans le village, il le faisait avec beaucoup de discrétion, comme s'il ne voulait pas déranger. Toute la communauté — c'était une évidence — avait un immense respect pour lui. Il n'y avait là rien d'anormal. Les Inuits respectent les aînés beaucoup plus que ne le font les gens du Sud. On leur demande conseil ; on fait confiance en leur expérience. Mais il y avait autre chose. On faisait montre à son égard d'une sorte de déférence semblable à celle portée par les gens du Sud envers les prêtres et même, dans le cas de Tulimaaq, un évêque. Réflexion faite, Tulimaaq n'était-il pas un *angakkuq*, un chaman?

Catherine avait mis beaucoup de temps pour l'approcher. Il lui a d'abord fallu apprendre l'inuktitut, car il ne parlait jamais une autre langue. Encore aujourd'hui, elle le soupçonnait de bien maîtriser l'anglais et peut-être même le français, mais peu de mots de ces langues de *gallunaat* sortaient de sa bouche.

La première véritable rencontre avec lui, du moins la première fois qu'elle l'avait remarqué vraiment, ce fut lors d'une de ses promenades. D'habitude, elle montait sur la colline, car sa préférence allait nettement vers la solitude des hauteurs. N'ayant

60

pas le temps ce jour-là de faire sa promenade habituelle, trop longue, elle était partie vers la mer en longeant le fleuve. C'était un panorama d'une autre nature, aussi sauvage et rugueuse que sur la colline, mais trop semblable aux paysages de bord de mer du Sud pour qu'elle puisse en apprécier le charme à sa juste valeur. Bref, elle avait abouti au rivage et regardait à l'horizon. Un homme était perché sur l'un des rochers de la rive.

Pour Catherine, cela n'avait rien d'exceptionnel d'admirer une étendue d'eau assis sur un rocher. Elle l'avait fait tellement souvent au Sud. L'eau — rivière, fleuve ou mer, peu importe — à la fois la calmait et l'animait. L'eau, c'était la vie dans toute sa complexité. Elle adorait l'impétuosité de ces rivières pleines de remous dévalant leur lit au printemps. Combien d'heures avait-elle passées à contempler l'œuvre de la nature ?

Toutefois, les Inuits n'avaient pas l'habitude de ce type de ravissement. Au contraire des Blancs, ils ne voyaient rien d'intéressant à cela. Pour eux la mer représentait leur travail, leur nourriture, la pêche et le danger. La mer n'avait rien d'une nature à admirer. D'ailleurs, il n'y avait pas de mot inuit pour le concept de nature. C'était une idée de Blanc, ce machin-là.

Quoi qu'il en soit, elle avait reconnu en cet homme accroupi sur le rocher le personnage discret rencontré parfois au village. Elle ne s'était pas approchée de lui, sentant la nécessité de ne pas devoir le déranger. Toutefois, on le voyait clairement remuer les lèvres, comme s'il faisait une espèce de prière ou se parlait à lui-même ; elle n'aurait pas pu le dire. Elle s'était éclipsée sans intervenir, mais s'était juré de demander à Anarqaq de parler de lui.

« Dis-moi Anarqaq, l'avait-elle interpellé un jour, tu connais ce vieil homme. »

Il savait évidemment à qui elle faisait allusion. En général peu bavard hormis pour raconter de ces histoires fabuleuses tant appréciées de Catherine, Anarqaq s'était fait pour l'occasion volubile. Il y avait une petite lueur d'admiration dans ses yeux quand il parlait de Tulimaaq. Il avait alors suffisamment confiance en elle pour lui expliquer :

« C'est un grand chaman. Son pouvoir est reconnu même chez ceux au-delà de la mer. »

Lorsqu'on parlait de « ceux au-delà de la mer » — Catherine le savait —, on faisait allusion aux communautés inuites de la terre de Baffin séparée du Grand Nord québécois par le détroit d'Hudson. Les relations entre ces communautés nomades étaient constantes. Ils se considéraient d'ailleurs comme un même peuple.

Par contre à l'époque, elle savait peu de choses sur le chamanisme encore apparenté à une religion en ce qui la concernait. Or c'était plus qu'une religion. Le chaman était le dépositaire d'une longue et complexe tradition orale ayant permis à des générations de survivre sur ces terres inhospitalières. Cette tradition organisait le groupe social, traçait des règles de comportements, fournissait des explications sur le climat, sur les problèmes rencontrés à la chasse ou à la pêche. Le chaman était un prophète, un guérisseur, un consolateur.

Cependant, le chamanisme commençait à s'éteindre et Tulimaaq était sans doute l'un de ses derniers représentants. Les Blancs et leur christianisme avaient fait leur œuvre. On avait mis beaucoup d'effort pour tenter de détourner les Inuits de ces coutumes « diaboliques » censées les éloigner du vrai Dieu. Ces derniers avaient continué toutefois à se raconter les histoires traditionnelles et à suivre les préceptes du chaman. Anarqaq lui avait raconté en confidence que lui-même ne voyait pas de contradiction entre la tradition inuite et sa foi au Christ — il se considérait comme un bon chrétien. « Pourquoi faudrait-il laisser tomber l'une pour l'autre ? Les deux sont bien plus fortes ensemble. »

Tulimaaq l'intéressait de plus en plus. Quand Catherine se promenait au village, elle jetait toujours un œil alentour pour tenter de l'apercevoir. Ce fut long avant de pouvoir l'approcher. Comme il était si peu souvent là, elle ne pouvait pas s'asseoir sur le pas de sa porte et l'attendre. D'ailleurs, où logeait-il quand il était à Quarpuq ? Puis un jour, lui-même l'avait abordé par-derrière, comme une apparition. Il lui avait dit :

« Aluu, Qataq ! »

Le son de sa voix l'avait fait se retourner. Tulimaaq était tout près, plus petit qu'elle ne l'avait cru de prime abord. Elle avait bien reconnu la salutation habituelle inuite, mais le « Qataq » l'intriguait. Il devait y avoir un gros point d'interrogation sur son visage, car Tulimaaq avait continué toujours en Inuktitut :

« Oui, c'est comme ça que je t'appelle : Qataq. Ton nom de *Gallunaat* est beaucoup trop difficile à prononcer.

— Tu me connais ?

— Bien sûr que je te connais. Tout le monde ici te connaît : la maîtresse d'école blanche si gentille avec nos enfants.

— Moi aussi je te connais.

— Je sais. Tu me cherchais ? »

Évidemment, dans un tout petit village comme Quarpuq, tout le monde se connaissait et l'on savait tout sur tous. Elle qui croyait rester solitaire et discrète, une vérité importante venait de la frapper : si la plupart des gens de la communauté demeuraient des étrangers pour elle, c'était d'abord et avant tout parce qu'ils avaient bien voulu respecter son choix de rester seule.

Tulimaaq la regardait toujours de ses petits yeux fouineurs. Catherine avait ressenti un certain malaise en sa présence, du moins au début de leur relation. Cet homme n'avait pas de temps à perdre avec les politesses et les conversations banales. Il s'était approché ce jour-là parce qu'il connaissait des choses sur elle qu'elle-même ignorait. Elle avait besoin de lui, mais ne le savait pas encore à cette époque.

Catherine était une femme troublée. Mais son trouble, elle l'avait profondément enfoui au fond de son âme en espérant que rien jamais ne puisse remonter à la surface. Son départ en catastrophe de ce Montréal si oppressant avait eu pour but de partir le plus loin possible. Ne plus jamais connaître la chaleur étouffante de cet été-là. Chercher un moyen de se retrouver, d'oublier. Changer de vie. Rester ainsi immobile, pétrifiée comme le pergélisol, frigorifiée. Catherine aimait le froid.

Mais Tulimaaq n'était pas dupe, ce diable d'homme !

« Tu sais que je t'ai vu l'autre jour sur le rocher ? avait-elle dit.

— Oui, je sais. Je t'ai vue aussi.

— Tu avais l'air bien concentré.

— J'avais un *gaumaniq*. »

Devant l'air interrogateur de Catherine qui apprenait là un nouveau mot, Tulimaaq avait consenti à lui expliquer.

« Vous les Blancs, vous appelez cela une *vision.* »

Il avait dit ce dernier mot en anglais. Elle avait évidemment entendu parler de ces phénomènes de transe agitant parfois certaines familles ou certains individus. Mais jamais on ne lui en avait parlé directement. Pour ce qui est de ces transes, l'Église ne les condamnait pas vraiment. Après tout, n'y avait-il pas déjà une longue histoire d'extase mystique dans cette institution séculaire ? La résistance venait plutôt de la culture des Blancs. Les *gallunaats* se raidissaient devant ces manifestations surnaturelles considérées généralement comme des inventions pures et simples ou pire comme de l'hystérie proche de la maladie mentale. Voilà pourquoi les Inuits n'y faisaient jamais allusion en présence des Blancs. D'où la surprise de Catherine à l'égard du récit de la vision de Tulimaaq.

À partir de ce moment-là, une relation bien étrange allait se nouer entre elle et lui, deux êtres que tout pourtant semblait opposer : elle, jeune femme blanche de la grande ville plutôt délicate aimant la musique et les livres, et lui, vieillard rêche ayant baroudé toute sa vie dans la steppe boréale. « Oui, une bien étrange relation » s'était-elle entendue murmurer.

***

Si Tulimaaq fuyait souvent la compagnie de ses semblables, il ne refusait jamais son aide aux gens de la communauté. On allait le chercher parce qu'il avait certains pouvoirs et certaines connaissances. Le chaman pouvait voir les âmes des hommes et des animaux. Il était capable de guérir les malades, de chasser les esprits mauvais, de faire venir le gibier, d'influencer la température et de faire voir au grand jour les transgressions cachées. Il était aussi capable de voir les êtres restés invisibles aux autres et de leur rendre visite.

Au début, Catherine ne trouvait pas ces « pouvoirs » si différents de ceux de certains rituels catholiques. Après tout, les cierges de la Chandeleur n'étaient-ils pas censés guérir les maux de gorge et la bénédiction des semences n'était-elle pas garante d'une bonne récolte ? Or la réputation de Tulimaaq auprès des siens relevait d'une tout autre nature que celle, par exemple, d'un curé de campagne ou d'un rebouteux de village.

Catherine avait pris beaucoup de temps avant de pouvoir aborder quelque conversation sérieuse avec lui. Après son premier contact, elle avait continué à le rencontrer régulièrement, du moins aussi régulièrement que ses courts passages au village le permettaient, chaque fois le retrouvant avec un sentiment de plaisir mêlé de crainte. Il avait certainement quelque chose à lui apporter, mais elle se refusait à trop se rapprocher de lui sur le plan personnel. Quand ils se voyaient, elle cherchait à le faire parler de ses voyages, de ses aventures, de lui faire raconter des histoires, mais lui restait laconique.

Un jour pourtant, une conversation l'avait frappée, une conversation marquante pour leurs relations futures :

« Tu n'es pas très bavard aujourd'hui, Tulimaaq. Est-ce que je t'embête avec mes questions ?

— Non Qataq, tu ne m'embêtes pas. Mais je dois faire mes préparatifs pour partir.

— Tu t'en vas déjà ? Encore ?

66

— Oui. C'est ce que je fais toujours, tu le sais. Pourquoi tu me poses cette question ?

— Ben, c'est que… j'aime bien quand tu es là.

— Ah !

— C'est certain. Ta conversation me fait du bien.

— Comment cela ?

— Ben, je n'ai pas beaucoup d'amis ici, tu sais…

— Et je serais ton ami ?

— Ben, je sais pas… Oui, je le pense… Pas toi ?

— Tu es certaine, Qataq, que c'est un ami dont tu as besoin ? »

La conversation s'était arrêtée là et l'avait laissée pantoise. Tulimaaq lui avait fait une grimace mi-triste mi-rieuse caractéristique des vieux Inuits saluant la lune apparaissant en même temps que le soleil. Puis il avait viré les talons et était reparti sans même la saluer.

Catherine avait besoin de lui sans toutefois en avoir encore conscience à ce moment-là. Tulimaaq en avait l'intuition, mais il la savait sur ses gardes. Jamais il n'avait pris d'initiative à son égard, hormis ce premier jour où il s'était présenté. C'était elle qui faisait toujours les premiers pas. Pour la mettre en confiance, il avait consenti un jour à répondre à ses questions concernant ses pouvoirs de chaman, ce qu'il répugnait à faire d'habitude avec des *gallunaats*. Ceux-ci avaient une curiosité malsaine et inappropriée en cette matière. De plus, ils n'y comprenaient rien. Mais il avait fait une exception pour elle.

Les véritables enseignements avaient commencé lorsque Catherine lui avait posé des questions sur les petites amulettes accrochées à sa ceinture. « Elles sont bien jolies. » Tulimaaq s'était d'abord renfrogné et n'avait rien voulu dire. Se rendant vite compte de sa bêtise, elle s'en était excusée auprès de Tulimaaq. En effet, décrire ces amulettes comme « jolies » était aussi sacrilège que de prendre un beau calice pour boire du vin à table. Il avait dès lors accepté de lui en parler.

Ces *galuigiujait* — c'est ainsi que s'appelaient ces amulettes — avaient une dimension sacrée. Il s'agissait de cadeaux de la communauté. C'était une façon de lui reconnaître la capacité d'entrer en contact avec certains esprits, un pouvoir sur ceux-ci, la vertu de les amadouer afin de rendre la vie meilleure. Un de ces petits objets miniatures finement sculptés avait intrigué Catherine. Il s'agissait d'un tout petit couteau à neige. S'il paraissait de prime abord comme une simple représentation jouet du véritable couteau, il avait beaucoup plus de puissance selon Tulimaaq. Il pouvait aisément se transformer en une arme redoutable contre un esprit maléfique. Il avait également le pouvoir magique d'ôter la vie.

Tulimaaq était en contact avec un monde invisible, un monde peuplé d'esprits bienveillants ou malveillants quotidiennement en interaction avec les humains. Ces esprits pouvaient s'insinuer partout, dans des animaux et même dans des rochers. Évidemment, ils étaient aussi présents chez les humains, mais toujours de façon invisible. Ces esprits avaient la capacité de se transformer en animaux, ils pouvaient aussi prendre la forme de géants à un moment ou de nains à un autre. Une chose était certaine : ces esprits agissaient avec efficacité dans le monde réel.

Après un bon moment, Catherine avait finalement pu établir une relation de confiance avec Tulimaaq, même si en fin de compte c'était plutôt lui qui avait réussi à obtenir sa confiance. Tulimaaq avait accepté de lui raconter sa première vision l'ayant confirmé dans sa fonction de chaman. Ce récit était resté gravé dans sa mémoire :

« J'étais jeune alors, avait-il raconté. J'étais orphelin, car mon père s'était noyé lors d'une sortie en mer. J'étais venu justement sur ce rocher où tu m'as vu pour la première fois. Je pleurais beaucoup. Alors j'ai commencé à invoquer l'esprit de mon père. Puis soudain, une grande lumière est apparue. Je me suis trouvé tout d'un coup dans une maison et celle-ci s'est élevée dans les airs. J'ai regardé par la fenêtre et j'ai vu très loin devant moi, à travers les montagnes, exactement comme si la terre n'était plus qu'une grande plaine, et que mon regard pouvait atteindre l'extrémité de la terre. À partir de ce moment-là, rien ne m'était plus caché. Non seulement je pouvais voir les choses au loin, très loin, mais je pouvais aussi découvrir les âmes, les âmes volées, qui sont soit gardées et dissimulées dans de lointaines terres, soit qui ont été emmenées en haut ou en bas dans le Pays des Morts. »

Lors de cette vision, Tulimaaq avait vu son premier *tuurnqaq*. Il s'agissait d'un petit homme ressemblant un peu à son père, mais beaucoup plus petit, « haut comme la moitié d'un bras d'homme ». Il s'était installé dans un coin du passage de la maison de sa vision. Le *tuurnqaq* était bienveillant. Il restait invisible aux autres, mais quand Tulimaaq l'appelait, il venait toujours.

Il avait par la suite continué son récit, un récit à propos duquel Catherine s'était étonnée de trouver des affinités avec les *Confessions* de Saint-Augustin :

« Puis, sans raison, tout a changé, et j'ai ressenti une grande joie, une joie inexplicable, si forte que je ne pouvais la contenir. Je devais la sortir en chanson, une chanson grandiose où il n'y avait de place que pour un seul mot : joie, joie ! Et je devais chanter à pleine voix :

Le grand océan
M'a fait partir à la dérive
Il me remue comme une algue dans la rivière
La terre et la grande eau
Me remuent
M'ont emportée
Et me remuent à l'intérieur de joie »

Catherine se rappelait chaque mot de ce chant, surtout celui de « joie ». En ce qui la concernait, cette émotion avait disparu de sa vie depuis très longtemps. Le souvenir de ce récit avait fait remonter chez elle des sentiments paradoxaux. D'abord ces purs moments de bonheur ressentis toute jeune à certaines occasions : elle aussi avait été enlevée au ciel, soulevée à en perdre le souffle par son amour pour Jésus. C'était bien ça, la joie. À présent, il lui en restait un vague souvenir resté gravé comme ces images fantômes apparaissant parfois dans les mauvaises photographies.

Puis elle avait grandi, était devenue une jeune fille et avait laissé son enfance la déserter progressivement. La vie, la vie réelle l'avait finalement rattrapée. Certaines évidences avaient été graduellement acceptées avec le temps : ces moments magiques étaient simple introversion, contentement de soi, amour-propre destinés en définitive à la détourner de Dieu. Il fallait se conduire comme une adulte, contenir ses émotions, devenir rationnelle, peser le pour et le contre. Son égoïsme devait être farouchement combattu afin d'aller vers les autres. Ce n'était pas bien de penser juste à soi. Il fallait tenir compte des autres, les respecter, les aimer, car les autres étaient à l'image de Jésus-Christ. Catherine avait fait tout ce qu'on lui avait enseigné.

Mais en fin de compte, à quoi cela lui avait-il servi ? Catherine était une femme solitaire peu portée vers les autres naturellement. Son altruisme s'était progressivement transformé en « respect humain », comme le disaient les religieuses. Elle n'avait pas compris au début de quoi on la prévenait quand on disait cette expression. Pourquoi n'était-ce pas une bonne chose de « respecter les humains » ? Cela lui semblait bien, correct.

Quand le sens de la formule a fini par devenir compréhensible, il était déjà trop tard : elle pratiquait le respect humain depuis longtemps déjà. Sa bonté vis-à-vis des autres était devenue du respect humain, c'est-à-dire la crainte de leur opinion, du qu'en-dira-t-on, un défaut semblable à celui de sa mère : celle-ci n'osait jamais afficher ses convictions en public de peur de la réprobation générale.

En réalité, elle s'était convaincue que les autres, de toute façon, ne comprendraient jamais ce qui se passait dans son âme, au plus profond de son être. Des élans tellement intenses, des mouvements d'âme tellement forts s'agitaient à l'intérieur de son cœur. Comment les autres pouvaient-ils connaître sa personnalité singulière ? Le respect humain, dans son cas, la rapprochait du péché d'orgueil.

Catherine n'avait jamais été brave. Pas comme sa sœur Monique ni même comme son autre sœur Évelyne, plutôt bravache dans son cas. Non, ce n'était pas une fille particulièrement courageuse. Pire, en grandissant et avec le temps, après avoir allègrement pratiqué le respect humain, elle avait fini par reconnaître sa propre lâcheté, sa couardise, « une dégonflée » comme l'aurait traitée Michel s'il l'avait mieux connue. Elle préférait sourire à tout le monde, faire des « belles façons » comme l'aurait dit sa mère, plutôt que d'affronter les autres sur leur terrain.

« Notre Catherine est si gentille » — comme elle détestait cette expression. C'était bien là une usurpation destinée à tromper tout le monde. Sous ses dehors affables sommeillait un monstre capable de tout. Elle se sentait parfois comme ces rivières donnant en surface une impression de calme et de tranquillité, mais dont les remous au fond peuvent être mortels. Oui, mortels !

Le froid commençait à faire son œuvre sur le corps de Catherine. Elle était engourdie de partout et avait de la difficulté à soutenir sa tête appuyée sur l'*inukshuk*. Ses yeux venaient à peine de se fermer que l'avait gagnée le sommeil, ce dangereux ennemi capable de tuer n'importe quel être humain sous le climat arctique. Le rêve s'était d'emblée emparé de son cerveau troublé. Après avoir marché longtemps, elle était arrivée devant un igloo fait de glace plutôt que de neige. Il y avait là quelqu'un de menaçant. Mais la curiosité était plus forte. Il lui fallait savoir. L'igloo était éclairé de l'intérieur par une forte lumière, or on l'avait prévenue de ne pas en regarder la source. En se faufilant par le portique, son regard avait délibérément dévié du côté opposé de la lumière.

À première vue, il n'y avait personne à l'intérieur. En examinant attentivement les lieux cependant, on pouvait apercevoir quelqu'un adossé au mur, accroupi, le capuchon tombant profondément sur le visage. Il était impossible de distinguer si c'était un homme ou une femme. Catherine s'était assise à son tour, adossée sur le mur opposé.

Après un court moment d'attente, un bruit s'était fait entendre en provenance de la source de lumière. Il ne fallait pas regarder dans cette direction. Il ne le fallait pas. Puis, un objet est tombé sur le sol glacé avec un bruit métallique. C'était un *Ulu*, ce couteau en forme de demi-lune très aiguisé dont les femmes inuites se servent pour toutes sortes de tâches.

Une femme au visage couvert de tatouages était aussitôt entrée. Après avoir ramassé l'*Ulu*, elle avait commencé à l'aiguiser avec une pierre tout en dansant et en gesticulation d'étrange façon et en riant très fort : « Regarde mes tatouages. Ah ! Ah ! Ah ! Regarde celui de mon front Ah ! Ah ! AH ! C'est dôle hein ! »

Catherine était maintenant effrayée en reconnaissant ce personnage de la mythologie inuite. C'était une vilaine, une terrible femme faisant des sacrifices humains. La femme tatouée gesticulait avec son *Ulu* à la main et faisait beaucoup de grimaces. Cela en était ridicule, à un point tel que Catherine avait retenu un fou rire. Mais elle ne devait pas rire. Ricaner aurait signé son arrêt de mort. En effet, quand quelqu'un riait en sa présence, la vilaine s'emparait de lui et l'éviscérait du bas du bassin jusqu'au sternum. La femme tatouée aimait manger les viscères des humains.

Alors, Catherine avait glissé ses mains sous le pan avant de son manteau, les avait fait sortir par l'encolure, les avait placées sous le menton en se cachant partiellement le visage. Puis, elle avait soufflé très fort. En soufflant ainsi, on imitait la respiration de l'ours blanc. Or le seul animal craint par la vilaine était l'ours blanc. Aussitôt celle-ci s'était détournée avec colère tout en se positionnant en face de l'autre personnage, toujours en dansant et en gesticulant, toujours en riant de façon sardonique.

Le capuchon du personnage avait commencé à s'agiter, comme si celui-ci était pris d'un fou rire irrépressible. Puis, le personnage avait décidé d'enlever son capuchon l'empêchant de rire à gorge déployée. Catherine avait eu un sursaut d'horreur devant ce geste, reconnaissant ces cheveux châtains bouclés, ce beau visage d'ange, ces yeux bleus comme le ciel. C'était Xavier. « Xavier, Xavier ! » Elle criait son nom, mais rien ne sortait de sa bouche. Lui continuait à rire, de ce rire d'enfant si adorable.

La vilaine triomphait maintenant. Elle avait réussi à le faire rire. À la vitesse de l'éclair, la femme tatouée s'était approchée de lui et lui avait ouvert le ventre du bassin au sternum avec son *Ulu* tout en ricanant. Xavier avait cessé de rire, son visage marqué par la stupeur. Il avait regardé ses viscères s'écouler de son corps, les avait pris dans ses mains, avait regardé Catherine, effaré, en lui montrant ses organes et avait bredouillé son nom : « Caaat... Caaat... Caaat... »

Catherine s'était réveillée en sursaut en frissonnant de tout son corps d'horreur et de froid. Elle entendait encore résonner à ses oreilles : « Qaq... Qaq... Qaq... »

C'était un grand corbeau qui croassait quelque part dans la nuit polaire.

Chapitre 4

Catherine était encore sous le choc de son réveil brutal. Son cauchemar ne l'avait pas encore tout à fait quittée. Elle regardait tout autour, hagarde, comme si elle s'attendait à voir apparaître la femme au *Ula*. Mais il n'y avait rien, rien qu'une surface blanche et la neige tombant toujours sans discontinuer.

Pour chasser définitivement les images de son rêve, elle avait voulu se lever. L'*Inukshuk* commençait à être recouvert de neige. Elle aussi d'ailleurs. Aux premiers mouvements, des croûtes crayeuses accumulées depuis quelque temps sur ses vêtements s'étaient détachées en plaques et tombaient par terre. Trop faible pour se tenir debout, elle avait plongé de tout son long face au sol, avalant du coup une grande goulée de neige. En laissant fondre dans sa bouche la neige, elle venait de prendre conscience de sa soif. Cela lui faisait du bien. Ce froid pénétrait dans sa gorge, dans son corps, refroidissait son intérieur fébrile.

D'abord en se mettant à quatre pattes et par la suite en déployant le plus d'énergie possible, elle était parvenue à se rasseoir dans sa position originale, retrouvant son appui de pierre. Sentant du froid contre sa joue et croyant que c'était de la neige, elle avait voulu s'essuyer. Ce n'était pas de la neige. Après avoir enlevé sa moufle, elle avait saisi l'objet à deux doigts. Il s'agissait d'une petite croix en or toujours accrochée à son cou : la « médaille d'Évelyne », comme elle l'appelait. Celle-ci avait dû jaillir de son col lors de sa chute. C'était une récompense pour son application et sa bonne conduite au pensionnat reçue à la fin de la troisième année, à une période où elle voulait encore devenir religieuse. Avant que…

Le pensionnat, oui ! Pourquoi était-elle allée au pensionnat au lieu de faire comme sa sœur Monique et de continuer à l'école secondaire du village ? On la destinait à entreprendre de longues études, c'était du moins la conviction de sa mère en la voyant le nez toujours plongé dans ses bouquins. Quand elle la regardait aider sa petite sœur Évelyne, sa mère comprenait qu'elle était plus avancée que les petites filles de son âge. Yvette avait donc convaincu Médé de la nécessité de dépenser les quelques économies grappillées ici et là pour l'envoyer étudier à Québec.

Encore aujourd'hui, Catherine ne savait pas comment ses parents avaient pu payer toute sa scolarité. À l'époque, le pensionnat des Ursulines était un service privé ayant la réputation de coûter cher. Mais c'était sans compter sur la générosité de ces religieuses. Quand le curé d'une paroisse par exemple, même la plus reculée dans le fin fond de la campagne, écrivait une lettre pour recommander une petite fille, on prenait la chose très au sérieux.

Elle n'avait jamais lu cette lettre, évidemment, mais elle se doutait bien de son contenu. Le curé qui la connaissait par sœur Marguerite avait vanté sa piété et sa docilité. Il devait écrire comment c'était une âme dévote destinée à devenir religieuse. Il avait sans doute fait l'éloge de ses parents : de bons pratiquants payant régulièrement la dîme. Bref, Catherine avait été admise comme pensionnaire chez les Ursulines, ce collège de filles ayant pignon sur rue en plein cœur de la ville de Québec.

Cela lui avait demandé une période normale d'adaptation. Après tout, elle quittait sa famille pour la première fois et pour de bien longues périodes. De plus, le village était à plusieurs heures de mauvaises routes de Québec. Il était inconcevable pour ses parents de venir la visiter toutes les fins de semaine, comme le faisait la famille d'autres pensionnaires. D'autant qu'il n'existait pas de fins de semaine pour le travail de fermier. La terre ne pouvait attendre. Les vaches non plus. Ses parents et ses sœurs venaient pour les Fêtes de Noël et pour Pâques. Pendant la première année, ses parents étaient venus seuls au milieu du trimestre d'automne et une autre fois à l'hiver. Mais cela n'avait duré que la première année. Trop exigeant pour eux sans doute.

Catherine avait aimé la vie de pensionnaire. Contrairement à certaines de ses collègues s'y ennuyant fermes, elle avait rapidement trouvé ses marques. Il y avait cette vie scandée par le tintement de la cloche plusieurs fois par jour, les prières à réciter le matin et le soir, l'horaire chargé des classes. Elle se sentait bien dans un environnement qu'elle était en mesure de contrôler… ou plutôt qui la contrôlait. Une telle vie était en correspondance avec sa nature. Du moins est-ce ainsi qu'elle le percevait à l'époque.

Elle avait moins aimé coucher dans les dortoirs. Cette promiscuité la rendait mal à l'aise. Heureusement, ce n'était pas de grandes salles ouvertes comme dans certains orphelinats. On y disposait d'un espace privé formé par trois murs et fermé par un rideau. On pouvait aussi garder nos choses personnelles dans une petite table de chevet. Évidemment, pas de salle de bain ni de toilettes privées, cela allait de soi. On disposait d'une salle commune avec une série de lavabos où les pensionnaires allaient se brosser les dents le matin.

Ce qu'elle appréciait le plus de ces dortoirs, c'était le silence. En effet, après 19 h 30, il fallait faire silence jusqu'à 7 heures du matin. Cette règle strictement respectée l'arrangeait fort bien. Elle évitait de la sorte les bavardages inutiles et vides de ses collègues. Leurs conversations l'ennuyaient passablement. Catherine n'était pas très grégaire. Elle avait peu d'amies que d'ailleurs elle n'avait plus revues après le pensionnat.

Dès son arrivée, le lieu physique l'avait impressionnée. Évidemment, on ne pouvait pas admirer un immeuble aussi majestueux à la campagne. Non pas qu'il ait été opulent, comme ces châteaux aperçus en feuilletant le *Reader's Digest* de sa mère. En réalité, il était sobre dans son genre, n'exhibant aucune fioriture inutile, aucun stuc finement travaillé, aucune fresque aux murs ou aux plafonds. Sa particularité résidait plutôt dans cette atmosphère quelque peu surannée témoignant d'un passé prestigieux.

L'ensemble des bâtiments avaient une incontestable valeur historique : ces grands murs de pierre épais d'un mètre, parfois plus, ces boiseries couvrant des pans entiers, ces planchers en bois franc craquant sous les pas, ces très vieilles dalles d'ardoise dans le sous-sol qui avait vu le Général Murray rendre la justice au XVIIIe siècle. Les religieuses avaient un jour fait visiter aux écolières l'un de leurs secrets le mieux garder. Elles avaient conservé et entretenu comme la prunelle de leurs yeux le lieu exact où Marie de l'Incarnation, leur fondatrice à Québec, s'était installée lors de son arrivée en 1639. On y trouvait le puits où elle venait puiser son eau et un four à pain construit à l'extérieur du premier bâtiment en bois afin d'éviter les incendies.

C'est à partir de ce moment-là que Catherine avait commencé à s'intéresser à cette femme extraordinaire. Marie Guyart — le vrai nom de Marie de l'Incarnation — avait renoncé à son fils, né d'un court mariage avec un mari décédé jeune, pour entrer chez les Ursulines. Puis, elle était venue s'installer dans ce pays où il n'y avait rien de semblable à Tours, sa ville natale, qu'elle n'avait jamais quittée avant de venir en Nouvelle-France. Comment avait-elle fait ? Comment avait-elle pu surmonter toutes ces épreuves sans avoir eu envie de revenir en arrière ?

Catherine avait trouvé certaines réponses dans les lettres de Marie de l'Incarnation précieusement conservées par les religieuses. Son fils resté en France était devenu religieux dans une communauté monastique cloîtrée. Il avait entretenu avec sa mère une correspondance régulière, car contrairement à ce que l'on pourrait penser, les bateaux circulaient tout de même régulièrement au XVIIe siècle entre la mère patrie et la Nouvelle-France.

Évidemment, Marie de l'Incarnation était présentée comme une sainte par les religieuses qui lui vouaient une admiration sans bornes, à juste titre. Catherine l'avait aussi considérée comme telle à l'époque où sa ferveur religieuse était encore grande. Mais elle avait surtout été marquée par sa forte personnalité. C'était une femme hors du commun ayant un don pour l'administration et la gestion des choses matérielles. Et ce n'était pas un hasard si se maintenaient encore aujourd'hui des institutions relevant de ses premières installations en Nouvelle-France.

Toutefois, Catherine s'intéressait moins à la femme d'action qu'à la mystique. Elle avait été longtemps troublée par ses écrits qui laissaient surgir par bribes sa passion intense. Jusqu'à un certain point, elle se reconnaissait en elle. Certains de ses mots décrivaient son propre état d'esprit mieux qu'elle ne l'aurait fait elle-même. Quand elle lisait ses lettres, Catherine voyait son âme s'y refléter comme dans un miroir.

Marie de l'Incarnation était éperdument amoureuse de Jésus-Christ, son Seigneur qu'elle appelait son Époux. Oui ! Elle mettait des mots clairs et cohérents sur son propre état de bien-être quand elle priait. Elle voulait aimer comme la sainte, avec cette fougue transportant les montagnes. Elle voulait se donner dans un élan d'amour inconditionnel, gratuit pour lequel elle était prête à tout sacrifier. Elle voulait cet amour total, exclusif. Elle aimerait Jésus pour toujours sans faillir, sans se détourner de sa souffrance. Elle le suivrait partout où il voulait comme l'avait fait Marie de l'Incarnation.

Catherine avait longuement médité dans son cœur l'une des prières de la sainte qui correspondait tellement à son état d'âme du moment :

Hé Amour ! Quand vous embrasserai-je à nu et détachée de cette vie ?
N'aurez-vous point pitié de moi et du tourment qui me possède ?
Vous savez que je brûle de désir d'être à vous et n'ai-je pas suffisamment souffert d'être éloignée de vous ?
Hélas ! Hélas ! Amour, ma beauté et ma vie, que gagnez-vous à cet éloignement.
Vous savez bien que je n'aime que vous.
Sachez, mon cher bien-aimé, qu'en un instant votre amour me consomme.
Je ne puis plus me supporter tant vous avez charmé mon âme.
Venez donc que je vous embrasse et vous baise à mon souhait, et que je meure entre vos bras sacrés.

Oui, elle se reconnaissait dans cette prière, reconnaissait ce qu'il y avait au fond de son âme toujours en ébullition.

Mais tout cela se passait avant que…

Catherine tenait encore la médaille entre ses doigts. Elle n'avait pas encore remis sa moufle. Les doigts bleuis s'engourdissaient. En replaçant la médaille sur sa poitrine, le froid du métal l'avait fait sursauter. Après avoir soufflé sur ses doigts nus pour les réchauffer un peu, elle avait enfilé sa moufle protectrice.

Pourquoi avait-elle gardé cette médaille ? En soi, celle-ci ne représentait rien au final. Ce n'était qu'une récompense ridicule remise à toutes les bonnes élèves à la fin de l'année scolaire. Pourquoi donc l'avoir gardée ? Oh oui! elle savait pourquoi. Elle le savait, mais ne voulait pas se l'avouer. C'était trop dur ! Cette médaille lui rappelait un événement marquant, mais aussi très douloureux

On était au lendemain de la réception des prix de fin d'année, en juin. Catherine était tout heureuse de partir dans une semaine afin de retrouver sa famille pour les vacances, contente de revoir sa mère, son père, ses sœurs. Elle retrouverait son village, la ferme, les animaux, la belle nature superbe l'été.

Cette après-midi-là, la mère supérieure l'avait convoquée. Personne n'était jamais convoqué chez la mère supérieure, à moins d'une raison exceptionnelle. Ce n'était pas pour une question de discipline. De cela, elle était convaincue. Pas dans son cas. Pas elle. Il s'était sans doute passé quelque chose de grave.

Dès l'entrée dans le bureau de Sœur Gabrielle, elle a tout de suite compris. Sœur Gabrielle était une femme enjouée de nature, mais cette fois son visage en disait long sur la teneur de la nouvelle. Elle l'avait fait asseoir à côté d'elle sur le petit canapé où seules les religieuses avaient le droit de s'installer.

Catherine lui avait demandé, morte d'inquiétude :

« Il est arrivé quelque chose à mes parents ?

— Non, il n'est rien arrivé à tes parents.

— Mais il est arrivé quelque chose n'est-ce pas ?

— Oui... tu dois être courageuse... c'est ta petite sœur. »

Catherine était abasourdie, paralysée. Elle ne comprenait pas ce que sœur Gabrielle lui disait. Les mots n'arrivaient pas à se fixer dans son cerveau.

« Ma petite sœur Évelyne ?

— Elle... Elle... s'amusait au bord de la rivière... sur la ferme de tes parents.

— Oui, elle le fait souvent. C'est moi qui l'amenais... Quoi ?... Qu'est-il arrivé ?

— Bien, elle a voulu aller nager... la rivière était gonflée par la fonte des neiges... il y avait des remous...

— Non... Non ! Non ! Non ! »

Elle avait hurlé ces derniers mots. Elle avait hurlé. Un cri affreux était sorti de sa poitrine, déchirant l'air et son âme. La souffrance n'avait jamais été aussi atroce.

Jamais elle n'avait pleuré autant de toute sa vie. Sœur Gabrielle l'avait prise dans ses bras. Elles étaient restées ainsi enlacées pendant longtemps.

***

« Évelyne, où es-tu ?! » Catherine avait murmuré ces mots après avoir rabattu pour la ixième fois son capuchon sur les yeux, reprenant son attitude de suppliante. Selon Tulimaaq, une âme pouvait rôder longtemps sur la terre avant de vivre dans un au-delà sans fin. Où était Évelyne ? Se tenait-elle tout près ou encore était-elle allée dans des pays lointains et merveilleux ?

Selon Tulimaaq, lorsqu'un être humain mourait, son âme sortait de la petite bulle d'air dans laquelle elle était encapsulée à l'intérieur de lui, puis reprenait la taille normale de la personne d'où elle venait de s'échapper, mais sous un mode éthéré. L'esprit pouvait alors voyager partout où il n'était pas allé dans sa vie terrestre et rencontrer d'autres esprits d'hommes ou d'animaux.

Selon Tulimaaq, les lacs, les rivières, les montagnes, les rochers ou les îles sont possédés par les esprits très sensibles à la présence humaine.

Évelyne était-elle devenue une rivière ?

Selon Tulimaaq, l'âme cherchait à se rapprocher des humains se trouvant dans l'affliction. Elle pouvait dès lors prendre différentes formes, le plus souvent animales.

Évelyne avait-elle compris ce que Catherine vivait ? Peut-être se rapprochait-elle pour l'aider ? Peut-être était-ce un autre *tuurnqaq* ? Peut-être était-ce le renard blanc qui l'avait longuement fixé tantôt ? Catherine avait levé la tête pour jeter un œil tout autour. Le renard blanc était peut-être encore là, en train de la regarder ? Mais elle ne voyait rien, rien sinon la neige tombant en averse légère qui avait depuis longtemps recouvert ses traces de pas.

Lorsqu'elle avait appris la nouvelle de la mort de sa petite sœur, Catherine avait quitté le pensionnat juste à temps pour les funérailles. Sa tante et son oncle, qui habitaient Québec, étaient venus la chercher. Ils étaient montés au village sans pratiquement dire un mot. Lorsqu'ils étaient arrivés à l'église, on venait à peine d'y entrer en procession. Catherine était allée immédiatement s'installer auprès de sa famille. Elle revoyait le petit cercueil blanc, sa mère et son père stoïques. Ni l'un ni l'autre ne pleuraient. Monique, elle, effondrée, marmonnait constamment des mots incompréhensibles.

Naturellement peu bavarde, Catherine n'avait pratiquement pas dit un mot pendant toute la période des funérailles et de l'enterrement. Les témoignages de tout un chacun étaient reçus comme des coups de poignard dans le cœur. On rappelait la joie de vivre d'Évelyne, son innocence, sa vivacité d'esprit, puis son esprit aventurier qui l'avait somme toute perdue. Le curé avait déclamé en chaire, dans la langue de bois habituelle, comment en fin de compte une fillette était plus heureuse près du Bon Dieu au paradis, car elle n'aurait jamais à affronter la rudesse de ce monde-ci. Catherine avait été triste en entendant ce sermon vide de sens. Évelyne valait mieux que cela.

Longtemps elle s'en était voulu ne n'avoir pas été là au moment de l'accident. Elle aurait pu l'avertir, la protéger d'elle-même. Or Évelyne n'était plus la petite fille qu'elle avait quittée trois ans auparavant, et ce fait ne s'était pas encore logé dans sa tête. Évelyne entrait dans sa neuvième année et était parfaitement en mesure de connaître les dangers d'une rivière connue depuis sa tendre enfance. Qu'à cela ne tienne : Catherine se sentait coupable d'avoir quitté le nid familial, de n'avoir pas été là pour elle, d'avoir abandonné sa petite sœur tant aimée.

L'été sur la ferme avait été particulièrement morose. Cette année-là, la saison avait été si chaude que la sécheresse avait menacé les récoltes jusqu'à l'arrivée des orages aussi abondants que nombreux au mois d'août. Catherine avait aidé son père et Monique à faire les travaux quotidiens, à traire les vaches, à s'occuper des poules, à aider à la récolte, à entrer le foin dans la grange. Mais rien n'était plus comme avant. Sa mère était souvent triste, plus distante encore. Cette femme ne savait pas montrer son affection pas plus qu'elle n'avait appris à consoler les autres. Yvette avait reporté ses ambitions sur ses enfants. Or elle venait de perdre sa plus jeune, Catherine allait être religieuse et Monique… et bien Monique.

Monique, déjà autoritaire et rigide, était devenue insupportable. Elle se mettait en colère pour des riens, faisait des éclats pour des broutilles, traitait Catherine comme si c'était une gamine de cinq ans et la grondait pour un tout et un rien. Monique lui avait dit des choses terribles : « tu es partie loin au moment où la ferme avait le plus besoin de toi » ; « Tu n'étais pas là pour les événements importants ». Mais les choses avaient dégénéré lorsqu'elle lui avait lancé dans un moment de colère : « si tu avais été avec nous, Évelyne ne se serait pas noyée ». Catherine avait éclaté en sanglots et s'était réfugiée pendant deux jours dans sa chambre sans manger ni sortir.

Toutefois, celui qui avait davantage souffert de la mort d'Évelyne, c'était son père. Bien que petit de taille et plutôt maigre, Médé était un homme robuste et énergique. Il était « tout en nerfs » comme on disait de lui. Cette expression, on l'utilisait dans ce coin de pays pour désigner un homme dur à son corps qu'aucune tâche ne rebutait, même la plus difficile. Par contre, Médé n'était pas du genre énervé, certainement pas. Au contraire, il était placide et ne s'en faisait pas trop avec la vie du moment qu'il pouvait travailler pour faire vivre sa famille. Cela lui suffisait.

Médé était un taciturne, n'élevant jamais le ton ni avec ses enfants ni avec sa femme. Il adorait littéralement Évelyne, « mon p'tit rayon de soleil » comme on l'entendait dire parfois. Quand Évelyne savait à peine marcher, il lui arrivait de faire avec elle ce qu'il n'avait jamais fait avec ses deux autres filles. Il allait se promener dans le potager en la tenant par la main, lui montrant les pousses naissantes, lui expliquant en peu de mots leur nature. Évelyne, elle aussi était très proche de son père. Elle, dont la tendance naturelle était la dissipation, restait très attentive lorsqu'il lui faisait visiter son si précieux jardin. Elle le regardait avec son sourire éclatant à faire fondre les pierres. Monique, qui adorait aussi Évelyne, « ma p'tite Vivi » comme elle l'appelait, était presque envieuse de cette attention portée par son père alors qu'elle-même se démenait pour l'aider sur la ferme.

Médé n'avait jamais plus été le même après. Il s'était muré dans le silence en fumant pipe sur pipe. Il négligeait même son ouvrage, se levant parfois tellement tard que c'était Yvette qui devait aller traire les vaches. Il passait de plus en plus de temps dans le potager sous le prétexte d'aller l'arroser dans cette période de sécheresse, examinant avec attention les rangées de feuilles et de tiges. Catherine l'avait même vu une fois ou deux se parler à lui-même penché sur une touffe de feuilles de carotte ou sur un plant de tomates. Il avait perdu le goût du travail, de la ferme, de tout ça. Médé ne s'était jamais remis de cette perte. La mort d'Évelyne lui avait arraché le peu de moments de joie de sa pauvre existence de misère.

Revenue au pensionnat pour terminer ses deux dernières années, Catherine aussi avait changé et s'était refermée plus que jamais sur elle-même. Bien sûr, les copines avaient pris soin d'elle dans la mesure de leurs faibles moyens pendant les quelques premières semaines. Mais comme tous les enfants, elles avaient rapidement repris leurs habitudes et reformé leurs petits groupes d'amies dans lesquels Catherine n'avait pas de place. Celle-ci n'y tenait pas d'ailleurs, préférant être seule le plus souvent possible, ce qui n'était évidemment pas la meilleure solution en l'occurrence.

Une fois — un souvenir encore vivace —, la tristesse avait été tellement envahissante qu'elle s'était effondrée en pleurs sans aucune raison apparente pendant le cours de latin. Elle-même n'avait pas compris son propre émoi. Sœur Madeleine l'avait accompagnée à l'extérieur de la classe. Sans essayer de la consoler ou de la rassurer, elle l'avait fait asseoir sur un petit banc et s'était assise auprès d'elle, juste à côté, sans même la toucher, attendant que cessent les larmes. Elle ne lui avait rien dit. Rien. De toute façon, Catherine en avait assez de ces « tu verras, ça passera » trop souvent entendus depuis son retour. Sœur Madeleine devait prier en silence, seul remède qui lui convenait à ce moment-là.

Enfin, Sœur Madeleine lui avait dit d'aller dans son cubicule pour récupérer un peu et prendre du temps pour elle. La surveillante des dortoirs serait avertie de sa venue. C'était une chose que les filles ne faisaient jamais, se retrouver seules dans le grand dortoir. Mais Sœur Madeleine connaissait bien Catherine et surtout son grand besoin de solitude.

Les semaines se sont passées ainsi dans la tristesse jusqu'à ce que le temps, ce grand consolateur, fasse son œuvre. Catherine voyait de moins en moins souvent la figure poupine d'Évelyne. Un état d'accablement sourd avait remplacé la douleur intense du début, un état dont elle a émergé bien longtemps après, ne laissant au fond de son cœur que des souvenirs amers.

Quelque chose avait changé dans son comportement à partir de cette époque. Elle était moins attentive en classe et se laissait plus souvent aller à rêvasser à propos de tout et de rien. Son manque d'assiduité se reflétait dans ses notes qui baissaient à vue d'œil. Elle passait moins de temps à étudier. Ses travaux étaient plus brouillons. Toujours la première à lever la main en classe pour répondre à une question, elle ne le faisait plus jamais. Catherine était ailleurs.

Mais surtout, il montait en elle un sentiment jusqu'alors inconnu : la colère. Contre ses parents d'abord : « pourquoi m'avoir laissée m'éloigner de la maison ? Au fond, ils ne tenaient pas vraiment à moi pour faire cela. » Elle, elle n'avait jamais demandé de partir.

Colère contre Monique, cette teigneuse qui l'obligeait à se refermer comme une huître pour se protéger.

Colère contre le pensionnat qui ne comprenait rien à sa douleur. Ces filles ingrates continuaient à vivre comme si de rien n'était, riaient pour un rien sans se rendre compte de la souffrance autour d'elles. Elle en voulait aux religieuses qui lui montraient un peu trop de compassion, lui rappelant à tout moment son deuil.

Finalement, Catherine était en colère contre la religion de son enfance. Mais cela, elle l'avait compris plus tard. Ce sentiment avait évolué progressivement et s'était manifesté par certains gestes, ou plutôt par l'absence de certains gestes. D'abord en cessant d'en faire plus dans la liturgie et les prières. Puis en manquant de plus en plus souvent la messe quotidienne sous de fausses raisons. Plus d'initiatives désormais pour les lectures des psaumes pendant les liturgies. Elle s'éloignait de tout cela, subrepticement, mais irrémédiablement.

Elle en voulait à ce Jésus censé prendre la souffrance des autres sur ses épaules. C'était des mensonges, tout cela. Il ne prenait sur lui rien d'autre que sa propre souffrance. La preuve : elle avait beau l'implorer de la consoler, il n'en faisait rien. Strictement rien. Non pas qu'elle ait perdu confiance en lui. Sa révolte n'allait pas jusque-là. Mais elle avait été déçue. C'était le mot : déçue. Comment avait-elle pu croire que l'amour inconditionnel de son Époux la mettrait hors de portée des douleurs d'ici-bas ?

Refusant longtemps de le reconnaître, elle avait également été en colère contre Dieu, ce Dieu permettant la mort des enfants innocents. Pourtant c'était bien Dieu le Père, et comme tous les pères, ne se devait-il pas de les protéger ? Pourquoi avoir laissé faire une telle injustice ? Lui, le Tout-Puissant, il devait connaître l'avenir ? Pourquoi dès lors avait-il fait naître Évelyne s'il savait déjà qu'elle allait mourir si jeune ? Pourquoi ?

À partir de cette année-là, Catherine avait cessé de lire les lettres de Marie de l'Incarnation, comme toutes ces lectures édifiantes d'ailleurs conseillées par les religieuses, se tournant de préférence vers les écrits profanes. Elle était passée aux doutes de l'abbé Donissan du *Sous le Soleil de Satan*, pour lentement aboutir aux grands classiques tant aimés, dont *Les frères Karamasov* qui lui avait fait voir la foi chrétienne sous un autre angle, puis avait rencontré l'ambitieux Julien Sorel du *Rouge et le Noir*.

Elle s'était prise de passion pour Flaubert, pour les amours impossibles de son épique *Salammbô* et surtout pour son scandaleux *Madame Bovary*. Elle comprenait Emma, cette femme mal mariée, libre et passionnée, qui cherchait l'amour interdit dans un petit milieu de province, lequel ne lui avait jamais pardonné ses incartades.

À partir de cette année-là, Catherine avait commencé à glisser sur une pente qu'elle ne remonterait jamais. À la fin de l'année scolaire, elle avait annoncé à Sœur Gabrielle son souhait de revenir à l'école l'année suivante afin de terminer sa dernière année, mais sans pour autant conserver le projet d'être religieuse. Sœur Gabrielle avait compris. De toute façon, il n'y aurait plus de pensionnaires à partir de la fin de l'année suivante. Plus assez d'élèves ou pas suffisamment de relève chez les religieuses? Elle ne l'avait jamais su.

Quoi qu'il en soit, Catherine n'avait plus jamais voulu devenir religieuse.

**

Catherine regardait tomber la neige avec plus de force. Les flocons virevoltaient plus violemment pour venir s'accumuler sur ses vêtements. Cette tempête était là pour de bon, au moins pour la nuit et peut-être plus. Elle ne pourrait plus jamais revenir, cela était maintenant une certitude. Personne non plus ne la chercherait, elle en était certaine également. Pourquoi l'aurait-on fait? D'abord qui pouvait connaître son projet de départ ce jour-là? Personne n'en avait été averti. Ensuite, qui se préoccupait de cette *galunnaat* un peu étrange dont la préférence allait davantage aux hauts plateaux désertiques qu'aux humains en bas au village?

Son corps resterait à tout jamais adossé sur son *Inukshuk* jusqu'à ce que son âme sorte de sa petite bulle d'air pour s'envoler, libre enfin, vers des pays inconnus. Son esprit flotterait dans l'éther, allégé du fardeau si lourd accroché au fond de son cœur depuis si longtemps. Libre enfin de retrouver son château blanc imaginaire, ses roses, son ciel bleu pur et immaculé, son enfance perdue.

Elle n'avait pas peur. Non ! Paradoxalement, Catherine-la-dégonflée n'avait pas peur, à peine intriguée de voir se dérouler ainsi le film de sa vie. Tous ses souvenirs se bousculaient en vrac pour sortir, comme des prisonniers qui viennent de trouver la faille de leur prison.

Son esprit s'était mis à vagabonder de nouveau, vers Montréal cette fois.

La grande ville avait été un choc pour cette paysanne n'ayant connu que son village et la petite ville ouatée de Québec. Sa mère parlait de Montréal comme de la Babylone moderne où les petites filles risquaient à tout moment la perdition. C'était pourtant loin d'être le cas. Certes, la ville était grande, populeuse et cosmopolite. Certes, il y avait des quartiers à éviter pour une jeune fille de bonne famille : le *red light*, le « bas de la ville » en générale, la rue Sainte-Catherine le soir. Mais somme toute, Montréal était une ville relativement sûre lorsqu'on connaissait les codes, et elle les avait appris vite.

Ce qu'elle avait aussi vite appris, c'était l'anglais, une langue indispensable si l'on voulait vivre un tant soit peu à Montréal. Bien sûr, ce n'était déjà plus comme avant. Montréal était en pleine transformation à cet égard. Les luttes pour faire reconnaître la langue française ayant agité la ville quelques années auparavant commençaient à porter leurs fruits. On n'avait plus la même difficulté qu'auparavant à se faire servir dans la langue de Molière. Naguère, il arrivait souvent d'entrer dans les grands magasins de l'ouest de la rue Saint-Laurent et de se faire répondre d'un ton sec « *speak white* » lorsqu'on osait demander un article en français. Aujourd'hui, on s'excusait craintivement de baragouiner le français, comme si les francophones étaient tous des terroristes en puissance prêts à faire exploser leur bombe dans le magasin.

En effet quelques années auparavant, la crise d'octobre avait eu lieu. Le Front de Libération du Québec, le FLQ, avait fait sauter des bombes près des édifices fédéraux ou dans des boîtes postales. Il y avait eu des morts. En octobre, l'enlèvement d'un diplomate et le décès d'un homme politique avaient ému le Canada tout entier à un point tel que la Loi des mesures de guerre avait été décrétée et que les militaires avaient occupé une bonne partie de l'île de Montréal. Les choses s'étaient calmées depuis, mais la ville était en pleine ébullition culturelle.

Fraîchement diplômée de l'Université Laval à Québec, Catherine avait tout de suite été embauchée dans l'une des nombreuses écoles secondaires de la Commission des écoles catholiques de Montréal. On avait alors besoin d'un grand nombre d'enseignants afin de recevoir des enfants de plus en plus nombreux pour lesquels les parents exigeaient une meilleure éducation. Il n'y avait pas nécessairement plus d'enfants, mais le climat social et politique rendait urgent de mieux préparer la population francophone au marché du travail. C'était, croyait-on, la solution aux nombreux problèmes du Québec qui l'asservissaient depuis si longtemps.

Elle avait trouvé un petit meublé dans un demi-sous-sol d'un logement à deux étages appartenant à une famille ouvrière. Le quartier était paisible, la rue agrémentée de nombreux arbres matures, une rareté dans la métropole. Toutefois, rien ne lui avait permis de s'habituer aux bruits de la ville, aux sirènes de police et de pompier, au murmure sourd et constant de la circulation automobile. La chaleur humide des étés montréalais lui était insupportable, sans parler des odeurs de saleté mêlées de mazout qui montaient sous l'effet d'un soleil voilé par le smog. Mais à tout prendre, cette nouvelle vie lui seyait relativement bien.

L'école secondaire Saint-Mathieu-de-Lasalle était mixte, évidemment. Cela allait de soi pour tout le monde, y compris pour Catherine qui pourtant n'avait jamais connu la mixité avant ses dix-sept ans. Cela aussi, elle s'en accommodait très bien. D'ailleurs, quels pouvaient donc être les avantages de l'école séparée ? Ce type d'éducation ne relevait-elle pas d'une époque révolue lors de laquelle les rôles des hommes et des femmes étaient bien campés : les hommes rapportaient l'argent et les femmes élevaient leurs enfants à la maison ? Nous n'en étions plus là, croyait-elle.

Il ne lui était pas venu à l'esprit alors que la mixité relevait aussi d'un tabou sur le plan des sexes. Il pouvait tout arriver si des petits garçons et de petites filles se côtoyaient de trop près. Non Catherine, n'avait jamais vraiment pensé à cela, y compris pour elle-même. Elle n'avait rien contre les relations entre les garçons et les filles. C'est là chose toute naturelle. Et ce n'était pas à une fille de fermiers qu'on allait apprendre l'utilité des sexes. Elle-même avait assisté toute jeune aux saillies des cochons et des bœufs. Ces événements avaient été des sujets de curiosité à examiner d'un œil neutre, presque scientifique.

Catherine ne s'intéressait pas aux relations avec les garçons. En fait, elle n'en voyait pas l'utilité. Il s'agissait même d'une perte de temps si l'on voulait se consacrer entièrement à l'enseignement, un domaine devenu un art de vivre, une vocation. Car, après y avoir longuement réfléchi, l'intérêt porté à l'éducation avait été une façon de transformer sa vocation religieuse en projet laïque. Depuis que lui avait passé l'envie d'être religieuse, depuis qu'il n'était plus plausible de consacrer sa vie à Jésus-Christ son Époux, elle avait cherché sur quoi reporter ce surplus d'amour tapi au fond de son cœur, cette passion brûlante. L'éducation avait été son exutoire. Catherine allait consacrer sa vie à faire grandir les enfants, comme elle l'avait fait pour Évelyne.

Pour ce faire, il fallait passer tout son temps à s'instruire. Les années du CÉGEP et de l'Université, elle ne les avait pas vues, régulièrement fourrée à la bibliothèque ou dans sa chambrette à étudier. Toujours première de classe. Toujours aussi seule.

Former son esprit avait été une priorité au point où elle en avait oublié son propre corps, ce matériau encombrant, ce boulet à traîner. Si le Bon Dieu lui avait fait la faveur de ne pas en avoir, cela l'aurait bien arrangée. Néanmoins, il lui fallait composer avec lui, ne serait-ce que ces quelques jours par mois pendant ses règles douloureuses.

Évidemment, la séduction considérée à tort ou à raison comme l'apanage des femmes était perçue de sa part comme de la futilité, comme une activité, pire, une besogne superfétatoire. En conséquence, on ne la remarquait pas, et cela lui convenait. De toute façon, elle-même ne se trouvait pas attrayante : trop grande, petits seins, visage quelconque avec ses cheveux mi-longs quelconques et ses yeux quelconques. Elle n'avait jamais voulu apprendre à se maquiller non plus. Ses seuls et uniques objets de féminité avaient été des boucles d'oreilles et une bague héritée de sa grand-mère. D'ailleurs, d'aussi loin qu'elle se souvienne, pas un garçon n'avait jamais pris les devants pour lui faire des compliments sur son apparence, même si parfois on remarquait son si joli sourire ou sa gentillesse.

« Joli sourire », « gentillesse », deux expressions tant et tant entendues à son sujet à l'école Saint-Mathieu : « notre Catherine, elle a toujours l'air de bonne humeur, elle sourit tout le temps ». Même les enfants répétaient comment « leur maîtresse est gentille ». Catherine avait pris ces mots en horreur. Comment cela pouvait-il se faire ? Personne ne voyait donc qui elle était vraiment ? Comment ne pouvait-on pas se rendre compte du tumulte dans son cœur ? Si quelqu'un avait pu ne serait-ce qu'entrevoir son âme.

Les deux premières années de sa vie d'enseignante s'étaient écoulées comme un fleuve tranquille. Entre les cours à préparer et à donner, les copies à corriger, les réunions d'enseignants, les rencontres de parents, elle prenait toujours le temps d'aider les élèves en difficulté, d'en consoler d'autres, de les écouter, de se faire proche des plus faibles, de réprimander les plus dissipés, sans violence, toujours avec compassion. Catherine était appréciée de tous à défaut d'être aimée d'un seul.

Puis Xavier était apparu.

C'était au début de sa troisième année à l'école. Sa préférence avait toujours été d'enseigner en Secondaire I afin de recevoir les nouveaux élèves. Il fallait prendre soin de ces derniers qui arrivaient la plupart du temps anxieux après l'école primaire. C'était un moment important pour eux, un saut qualitatif plutôt effrayant dans leur vie. Il fallait en prendre soin.

Xavier devait avoir douze ans. Il était remarquable : beau comme un cœur avec son petit visage fin, ses yeux bleus et ses cheveux châtains ondulés. Une belle petite tête d'ange contrastant avec un corps déjà bien formé pour son âge et de larges épaules. Lorsque Catherine l'avait vu pour la première fois, elle avait été frappée par cet air triste qui le quittait rarement, sauf lorsqu'il riait aux éclats. Et alors, à ce moment-là, il devenait lumineux.

Il lui arrivait parfois avec certains élèves, par instinct plus qu'autre chose, de se rapprocher d'eux. Ce fut le cas avec Xavier. La vie du garçon ne devait pas être de tout repos ; Catherine le sentait. Il vivait seul avec sa mère. Il avait seulement cinq ans quand son père avait quitté le foyer. Sa mère devait travailler pour gagner la vie de la famille, le père n'ayant plus jamais donné signe de vie.

Le gamin était plutôt timide. Il s'était fait peu d'amis pendant cette année, même si les petites filles lui tournaient autour comme des mouches autour d'un pot de miel. Xavier aimait mieux la compagnie de sa maîtresse. Pendant les récréations, il venait souvent se tenir auprès d'elle plutôt que de jouer avec les autres. Il lui parlait de tout et de rien, de choses sans importance. Et Catherine, au lieu de l'encourager à s'amuser avec les autres — ce qu'elle aurait dû faire normalement —, le gardait tout près le plus longtemps possible.

Quand venait le temps de la dictée, il lui arrivait souvent de marcher dans les allées de sa classe entre les pupitres. Tout en parlant, elle jetait un coup d'œil par-dessus l'épaule de l'un ou l'autre pour constater les résultats. Parfois, quelquefois seulement, en s'approchant du pupitre de Xavier et au lieu de simplement regarder, elle appuyait bien légèrement sa main sur son épaule. Oh bien doucement ! Xavier cessait alors d'écrire et levait son visage vers le sien. Il y avait tant de tendresse dans ce regard, un si grand besoin d'amour dans ces yeux qu'elle en était troublée, chamboulée même. Chaque fois, elle enlevait précipitamment sa main et revenait à son bureau en espérant éviter à l'avenir une telle proximité physique avec lui. Une promesse jamais tenue. Une promesse impossible à tenir.

Cette année-là avait été la plus difficile. Non pas sur le plan du travail ni sur celui des relations humaines. Catherine s'était même liée d'amitié avec certaines collègues ayant des goûts similaires : aucune n'aimait sortir dans les bars ou aller en boîte pour se défoncer. Leurs préférences allaient au cinéma, à la lecture et aux musées. Huguette était mariée et avait déjà un enfant. Pauline venait de se fiancer. Il leur arrivait quelquefois de faire des soupers entre filles au restaurant. Elles y racontaient tout ce qui leur passait par la tête. Catherine n'était pas la plus bavarde, évidemment. Mais on l'écoutait lorsqu'elle leur rapportait l'histoire du dernier volume lu ou s'enthousiasmait pour une exposition.

Bien sûr, on la taquinait fréquemment sur les garçons. Huguette lui avait déjà proposé de lui faire rencontrer des *blind date*. Ses copines ne comprenaient pas qu'une femme comme elle ne se soit pas encore trouvé un charmant jeune homme capable de la dorloter. Pauline, qui était plutôt du genre gourmande, lui avait suggéré de les prendre par le ventre et de leur cuisiner de bons petits plats. Encore fallait-il qu'elle habite un logement digne de ce nom pour ce faire, leur disait-elle alors.

Ces taquineries étaient devenues un leitmotiv, et Catherine s'en était amusée autant que ses copines. Elle ne savait pas encore que ce serait sa dernière année à l'école, qu'elle la quitterait sans donner de nouvelles, même à ses copines, après la rentrée scolaire de l'année suivante. Cette année-là n'était vraiment pas comme les autres. Il se passait quelque chose qu'elle était incapable d'identifier. Sa routine était perturbée, ce qu'elle détestait par-dessus tout. Distraite plus souvent, elle dormait mal et perdait l'appétit. Si patiente d'habitude, elle devenait facilement exaspérée par certains élèves jusqu'au point de hausser le ton. Même Huguette s'était aperçue du changement. Elle lui avait suggéré de voir un médecin, ce qu'évidemment Catherine n'avait pas fait.

Son état ne la préoccupait guère. Ces problèmes allaient passer, se disait-elle. De fait, pendant les deux semaines de vacances cet hiver-là, tout allait mieux. À la ferme dans sa famille, elle y avait fait de la raquette, s'était changé les idées. Tout allait mieux. Mais de retour à l'école, les troubles étaient revenus. Et ils s'intensifiaient en présence de Xavier.

Un souvenir bien précis lui revenait maintenant : le jour où elle avait pris en charge Xavier pour des leçons particulières. C'était après le congé de Pâques. Il lui arrivait parfois de garder certains élèves après la classe pour les aider à se préparer aux examens de fin d'année. Xavier n'était pas le plus brillant de ses élèves, particulièrement en mathématiques. Lors de cette fameuse journée, Catherine s'était assise tout près de lui, juste à côté, comme elle le faisait toujours dans ces occasions avec les autres élèves. Or pendant que sa tête était penchée vers lui afin de le guider, Xavier lui avait murmuré tout bas sans la regarder : « Vous sentez bon mademoiselle ».

Catherine, au lieu de sourire de cette remarque innocente comme l'aurait fait n'importe quelle enseignante, avait regardé le beau profil d'ange et les épaules carrées de Xavier. Puis elle avait posé un geste incompréhensible en saisissant doucement sa main qu'elle avait longuement gardée dans la sienne. Il s'était alors produit en elle un phénomène bizarre se rapprochant des moments d'extase à l'église dans son enfance. Son cœur s'était mis à battre la chamade et une sensation inconnue jusqu'à présent montait du plus profond en vagues successives puissantes et irrésistibles.

Après un long moment, Xavier, surpris du geste, avait lentement retiré sa main. Elle avait aussitôt mis fin au cours particulier et l'avait renvoyé chez lui.

À partir de cet incident, Catherine n'avait plus trouvé le repos.

Chapitre 5

« Jingle bells! Jingle bells! Jingle all the way! » En fredonnant cette ritournelle ringarde et ridicule, Catherine se demandait pourquoi celle-ci lui tournait dans la tête. En levant les yeux pour regarder les flocons tombés dans la nuit, cela lui avait rappelé Noël. Son dos et ses fesses lui faisaient mal d'être restée assise si longtemps sur le sol gelé, adossée sur son *Inukshuk* de forme irrégulière. Elle ne pensait même plus à se déplacer pour tenter de se soulager. La douleur lui rappelait qu'elle était encore vivante. Pourtant, à y regarder de près, Catherine semblait au bout du rouleau. Son esprit de plus en plus paresseux ne laissait ressurgir que des bouts de souvenirs sans importance. D'où cette chansonnette la ramenant au dernier temps des Fêtes passé en décembre dernier.

Demeurer au Nord pendant Noël était toute une expérience pour les Blancs. Ceux qui restaient n'avaient pas le choix de le faire, vraisemblablement. Qui aurait voulu de son plein gré se terrer dans ce trou au moment où sa famille fêtait joyeusement au Sud ? Pour la grande majorité, il s'agissait d'hommes provenant de la mine ou d'ouvriers de chantier incapables de partir pour une raison ou une autre. Certains fonctionnaires, comme Michel, devaient rester pour « tenir le fort ».

Pour ce qui est des Inuits, c'était autre chose. La « fête du milieu » célébrait le solstice d'hiver. C'était une fête importante, le moment de l'année pendant lequel on disait adieu aux malheurs de l'ancienne année et l'on voyait se lever la nouvelle avec joie. Bien sûr, ils étaient nombreux à participer aux célébrations chrétiennes, à la messe de minuit, au réveillon. Mais la véritable fête se tenait ailleurs.

Les Inuits se préparaient longtemps pour la fête du milieu. C'était la période la plus festive de l'année. On construisait en bordure du village un grand igloo. Les danses se faisaient au rythme des tambours cérémoniels omniprésents. Les danseurs se déguisaient sous des costumes et des masques tous plus colorés les uns que les autres.

Il y avait aussi des compétitions de force. Les Inuits adoraient ces jeux ; ils les pratiquaient à la moindre occasion. Pendant les fêtes du milieu, ces jeux étaient plus nombreux, plus diversifiés : jeux de ballon, course de traîneaux, souque à la corde, concours de tir, boxe. Il y avait aussi des jeux d'adresse opposant ceux (femmes ou hommes) nés en hiver contre ceux nés en été. On pouvait alors déterminer selon les gagnants si l'hiver sera rude ou non.

Lors des danses rituelles, il arrivait encore de voir des hommes d'âge mûr tenter de divertir le public avec des attitudes sexuelles bouffonnes. Ces personnages passaient de maison en maison pour taquiner les jeunes garçons et les jeunes filles en se livrant à des parodies sexuelles et exhibitionnistes.

Cet hiver-là, Catherine avait assisté à la plupart de ces cérémonies. Elle avait vu l'un de ces personnages — Tulimaaq facilement reconnaissable sous son déguisement — enduire de suie de lampes à l'huile le visage de ses hôtes. La métaphore était forte pour les Inuits. Symboliquement, on signifiait qu'il était temps d'éteindre le feu des lampes, car le soleil revenait pour éclairer de nouveau la communauté. On faisait ainsi référence à l'un des mythes inuits le plus puissants : celui de l'amour incestueux entre Frère-Lune et Sœur-Soleil.

On terminait toujours les Fêtes lors d'une grande soirée du Nouvel An dans le centre communautaire de Quarpuq. À cette occasion, la salle était pleine à craquer et l'alcool coulait à flots. L'esprit était à la fête dans un climat des plus débridés. Se mêlaient le son des tambourins cérémoniels, les danses folkloriques, les chansons irlandaises et québécoises dans un joyeux tintamarre.

La soirée avait commencé dans la joie. Un couple de femmes inuites avait pratiqué un chant de gorge magnifique. Il s'agissait de tenir le plus longtemps possible avant que l'une d'elles n'éclate de rire. Le chant de gorge était davantage un jeu vocal et il faisait souvent l'objet de paris. On racontait qu'autrefois, dans les temps anciens, la gagnante pouvait même choisir son mari.

Après les mots d'usage de la part des anciens et des autorités, après les chants et danses plus convenus, la véritable soirée s'était amorcée. Un violoneux et un accordéoniste avaient commencé à jouer des « sets callés », ces danses traditionnelles québécoises appelées par un crieur décrivant les pas à exécuter dans un langage coloré. À mesure que la soirée avançait, l'alcool aidant, la salle était devenue plus bruyante, plus agitée.

À un moment, un homme fort éméché s'était approché de Catherine, un employé de la mine sans doute. Il lui avait demandé plutôt brutalement si elle voulait danser. Elle ne dansait pas ces « sets callés » si faciles à apprendre pourtant. Elle avait donc refusé poliment avec son sourire habituel. Mais l'homme avait lourdement insisté, allant même jusqu'à la saisir par le bras pour la tirer à lui.

Michel était intervenu à ce moment-là. Il s'était interposé entre Catherine et l'homme, l'invitant sans équivoque à se retirer. Comme il le dominait d'une tête et qu'il avait pris son air le plus menaçant — il pouvait être impressionnant parfois, avec son gabarit de joueur de hockey —, l'homme s'en était retourné en sacrant. Michel s'excusait de n'avoir pas été auprès d'elle plus tôt. Il venait d'arriver, car il avait dû parer à une urgence. Il l'avait ensuite invitée à sortir de la salle pour être plus tranquille. Elle avait accepté avec soulagement.

Cette fin de soirée fut sans doute l'un des moments les plus agréables jamais vécus à Quarpuq. Michel lui avait découvert une facette inconnue de sa personnalité. Catherine était bien au fait de son extraversion, de son côté un peu hâbleur, de sa drôlerie aussi qui l'avait amusée à défaut de la séduire. Mais ce soir-là, elle avait été touchée par lui. Oui, c'était bien le mot : Michel avait été touchant.

Lorsqu'ils étaient sortis de la salle, il lui avait proposé d'aller dans sa résidence de fonction pour prendre un café. Elle n'y était jamais entrée et avait accepté avec plaisir. Il s'était montré d'une grande galanterie, l'avait aidée à enlever son manteau, lui avait prêté des pantoufles de laine de lapin, l'avait fait asseoir à la table de cuisine. Il lui avait demandé si elle préférait un verre de vin. Elle avait refusé tout en lui répondant de ne pas s'empêcher d'en prendre de son côté. Michel avait décliné. Il n'aimait pas beaucoup l'alcool. S'il en prenait, c'était surtout pour le goût. Et comme les bons vins étaient chers, il aimait mieux s'abstenir la plupart du temps. De toute façon, une bonne bouteille de vin n'avait d'intérêt que si l'on pouvait la partager.

Elle lui avait alors demandé s'il partageait souvent une bonne bouteille avec quelqu'un au Sud. Tout en préparant le café, Michel avait cessé de parler. De toute évidence, elle venait de toucher une corde sensible.

« Excuse-moi, Michel, je ne voulais pas être indiscrète.

— Non, tu n'as pas à t'excuser. C'est juste que ça m'a fait remonter des souvenirs. C'est seulement ça. »

Catherine n'avait pas insisté, mais lorsque Michel était revenu s'asseoir avec le café, après lui avoir demandé si elle prenait du lait et du sucre, il avait commencé à parler avec une certaine réticence, ce qui n'était pourtant pas dans ses habitudes.

« J'ai effectivement partagé de très bonnes bouteilles de Bourgogne avec quelqu'un pendant quelques années. Elle s'appelait Sophie. Ma Sophie, je l'aimais en maudit. Je l'aimais en maudit. »

Michel était devenu soudain très triste, presque au bord des larmes. Il bougeait sur son siège comme pour évacuer un trop-plein d'émotions.

« Lorsque j'étudiais à l'Université de Montréal, j'ai rencontré Sophie sur les bancs d'école, comme on dit. Elle suivait plusieurs cours avec moi. Elle étudiait aussi pour être ingénieur. Il n'y avait pas encore beaucoup de femmes à ce moment-là dans ce domaine plutôt masculin. Elle était remarquable, tellement belle. Oui tellement belle ! Tous les garçons lui tournaient autour pendant cette année-là. Je te dis qu'il a fallu que je me batte pour avoir son attention. Mais je suis persévérant, tu sais. »

Elle n'avait pas pu s'empêcher de sourire en l'entendant parler de sa persévérance auprès des femmes. Qui pouvait le savoir mieux qu'elle ? Michel ne la poursuivait-il pas de ses assiduités depuis son arrivée ici ? Michel avait continué de parler.

« Sophie venait de "casser" avec un crétin. Je n'ai jamais vraiment su ce qui s'était passé. Elle ne m'en a jamais parlé. De toute façon cette année-là, elle était de nouveau "sur le marché" comme on dit. Au bout du compte, c'est moi qui ai obtenu ses faveurs. J'étais si heureux. Si heureux ! Nous avons emménagé ensemble dans un petit logement d'étudiants. Je la gâtais beaucoup, tu sais. Je lui donnais toutes sortes de cadeaux : des fleurs, du chocolat. Parfois, quand j'avais économisé un peu, j'achetais un Gevrey-Chambertin. Tu connais ? »

C'était une question rhétorique, comme d'habitude. Elle venait à peine d'acquiescer qu'il avait poursuivi son monologue ?

« Ah ! Ces soupers à la chandelle en sirotant notre bon petit vin. Mes plus beaux souvenirs ! Enfin, mes plus beaux souvenirs avec une femme. Parce que, j'avais aussi vécu des beaux moments au hockey. Mais passons ! »

Encore une fois, Catherine n'avait pas pu s'empêcher de sourire devant la fraîcheur de cet homme. Et surtout, elle reconnaissait chez Michel une espèce de pulsion de vie presque animale qui ressortait même dans les moments les plus tristes. Elle s'était dit alors : un homme comme cela, rien ni personne ne pourrait jamais l'abattre. Il n'était pas comme elle, c'était certain.

« Je l'aimais donc ma Sophie, avait continué Michel. On faisait des projets ensemble. Je lui disais que je voulais avoir trois peut-être même quatre enfants avec elle. J'adore les enfants, tu sais. Je me voyais passer ma vie avec elle, vieillir avec elle, avoir des petits-enfants avec elle. Maudit que j'étais naïf ! »

Michel s'était arrêté de parler et avait bu quelques lampées de café le regard dans le vide.

« Qu'est-ce qui s'est passé, Michel ?

— Oh, une histoire bien banale, des plus banale. À cette époque, je jouais dans une ligue de garage. »

Devant l'air interrogatif de Catherine, Michel avait ajouté

« Mais oui, tu sais, ces ligues de vieux *has-been* qui se louent une patinoire les fins de semaine et qui font semblant d'être encore capables de *scorer* des buts. En tout cas, on s'amusait bien. J'invitais parfois les copains de hockey à venir à la maison pour regarder les matches : bière et pizza et tout le tralala. Sophie était là parfois. Ce n'était pas, disons, l'activité qu'elle préférait le plus. Ce qu'elle aimait bien cependant, c'était la présence des copains. Trop même… Un jour elle m'a annoncé qu'elle partait vivre avec Robert, notre meilleur joueur de centre.

— Mais c'est terrible Michel. Tu devais être très malheureux ?

— Pourquoi tu penses que je me suis retrouvé ici ? J'ai pleuré pendant un bon bout de temps. J'ai même fait un fou de moi en essayant de la reprendre. Elle n'a jamais rien voulu savoir. Je ne pouvais même plus jouer au hockey. J'aurais sans doute massacré ce maudit faux-cul qui m'avait pris ma blonde.

— C'est triste. Depuis que tu es ici, as-tu essayé de prendre des nouvelles d'elle ?

— Oui, quelquefois. Mais la dernière nouvelle m'a un peu consolé : elle avait planté là Robert pour un autre joueur. »

Cette fois, Catherine s'était presque tenu les côtes pour ne pas rire devant cette tragi-comédie.

La soirée s'était ainsi passée dans un climat intime et amical. À un moment, elle avait voulu rentrer et s'était levée pour partir.

Michel s'était empressé d'aller lui chercher son manteau et ses *kamiks*. Il l'avait aidée à s'habiller. Elle l'avait remercié pour la charmante fin de soirée et lui avait tendu la main. Michel l'avait prise dans sa grande paluche rude et chaude et l'avait gardée plus longtemps qu'une salutation normale l'exigeait. Il avait lentement et délicatement approché son visage du sien, proche, de plus en plus proche. Après une hésitation, elle avait un peu reculé le buste et serré avec plus de vigueur la main de Michel en lui disant à la prochaine.

Puis elle était partie… avec peut-être au cœur une petite pointe de regret.

***

Le choc avait eu lieu quelques semaines après ce dernier temps des Fêtes, vers la fin de janvier, au moment où Catherine avait vu son *Tuurnqaq,* le corbeau agressif, le géant tout en noir avec son regard oblique. Après cet événement qui l'avait si troublée, la descente aux enfers avait vraiment commencé, elle qui se croyait toujours à l'abri au Nord, dans le froid. Elle avait quitté le Sud pour fuir, pour s'éloigner d'elle-même, pour s'éloigner de lui, de Xavier.

Xavier revenait toujours par bribes dans ses souvenirs. Catherine l'avait pris en charge dès son arrivée à l'école. Il était si beau, ce garçon ! Elle le revoyait penché sur ses cahiers d'exercices pendant la classe. Il lui arrivait d'être si concentrée sur lui qu'elle en oubliait le reste des élèves, distraite, la tête ailleurs. Parfois, un autre élève attendait longtemps avant d'obtenir des réponses à ses questions lorsqu'il levait la main. Il devait même parfois l'interpeller : « Mademoiselle ! Mademoiselle ! » Elle se sortait alors de ses rêveries sans conviction, comme si on la dérangeait.

Xavier, lui, était ravi de l'intérêt qu'on lui portait. Cela ne lui était pas arrivé souvent dans sa vie, vraisemblablement. C'était un garçon doux, renfermé et solitaire. Il ne cherchait pas les ennuis et on le laissait en paix généralement. Ce qu'elle était belle, sa maîtresse ! Il aimait sa façon de s'habiller, simplement, mais avec toujours beaucoup d'élégance, c'était du moins son point de vue. Il aimait la voir marcher dans les allées avec son allure de princesse. Il aimait surtout lorsqu'elle s'approchait de lui. Il aimait son regard posé sur lui. Il aimait son parfum. Il aimait sa main qu'elle déposait tendrement sur son épaule.

Les paupières de Catherine se faisaient de plus en plus lourdes, encore une fois. Encore une fois, elle n'avait pas pu résister au sommeil. Encore une fois, elle s'était mise à rêver immédiatement avec en tête l'histoire de Frère-Lune et de Sœur-Soleil que Tulimaaq avait racontée pendant les Fêtes. Il s'agissait de l'un des mythes inuits de la création du jour et de la nuit. Frère-Lune avait été aveugle pendant longtemps, mais il avait recouvré la vue sans que personne ne le sache. Comme il n'avait pas d'épouse, il avait cherché une femme seule dans un igloo. Lorsqu'il avait trouvé l'habitation de sa sœur, il ne l'avait pas reconnue, car il avait été aveugle si longtemps. Il lui avait fait l'amour. Cela avait duré sur une assez longue période. Pendant tout ce temps, sa sœur n'avait pas pu savoir qui venait la voir dans le noir ainsi tous les soirs.

Un jour, elle avait enduit le visage de son amant avec de la suie d'une marmite préalablement chauffée. Puis elle avait cherché le coupable dans le camp le lendemain. Quand elle avait vu son frère tout taché de suie, elle avait été horrifiée. Elle s'était coupé un sein, lui avait dit de le manger, car c'était aussi bon que de faire l'amour avec elle. Comme il refusait, elle avait mis le feu à son sein et s'était enfuie. Son frère l'avait poursuivie avec une torche, mais il était tombé et la torche s'était presque éteinte. Pendant ce temps, le sein de sa sœur brûlait toujours aussi fort. Et voilà pourquoi il y a encore des périodes sombres et froides éclairées par la lune et des périodes claires et chaudes éclairées par le soleil. Parce qu'un frère et une sœur ne parvenaient plus à se rapprocher. Le frère qui aimait sa sœur était destiné à la poursuivre pour toujours et sa sœur était destinée à toujours le fuir.

Le souvenir de l'histoire de Frère-Lune et de Sœur-Soleil revenait dans l'esprit fiévreux de Catherine, mais transformé, métamorphosé par son rêve. Elle était devenue Sœur-Soleil et Xavier était Frère-Lune. Elle était dans un igloo au milieu de nulle part dans la steppe. Leur père et leur mère n'étaient plus là. Ils étaient partis un jour en la laissant seule avec son frère, Xavier était aveugle de naissance. Étant aveugle, il ne pouvait pas chasser et rapporter de la nourriture. Elle essayait d'aider Xavier en lui fournissant de la nourriture, même si ce faisant, une femme transgressait un tabou, car les femmes chez les Inuites n'ont pas le droit de chasser.

La sœur et le frère se trouvaient souvent seuls dans l'igloo. Elle regardait son frère avec grande émotion, l'aimait beaucoup et en prenait grand soin. Elle le surveillait tout le temps afin de lui éviter de se frapper ou de plonger dans un trou d'eau, ce qu'elle faisait aussi quand il se déshabillait le soir pour aller se coucher sous la peau de phoque. Xavier ne savait pas que sa sœur l'observait, car il était aveugle. Or justement, l'innocence du geste attirait Catherine comme un aimant. Elle voyait ce beau corps nu éclairé par la lampe à l'huile qui semblait lui dire chaque soir : « Viens. Viens avec moi ». Ce soir-là, elle n'avait pas pu résister, s'était mise nue également et s'était étendue près de son frère. L'ayant touché doucement, elle avait senti sous ses doigts le frémissement de sa peau. Le corps de son frère s'agitait de plaisir. Elle l'avait guidé vers elle. Et là…

Catherine s'était brusquement réveillée en sortant de son rêve toute tremblante, son corps grandement agité par des sensations qu'elle cherchait constamment à réprimer. Encore à moitié endormie, elle revoyait le torse nu de Xavier dans son canoë pendant ces toutes dernières vacances d'été. Elle se promenait seule avec lui dans le bois dans la chaleur étouffante, le regardait marcher en se dandinant, lui jetait un œil de temps en temps en lui souriant. Elle se voyait en train de le mener à une petite cabane, un refuge quelque part, là-bas, où ils seraient tranquilles, où ils pourraient se protéger de la chaleur. Xavier espérait ce moment depuis longtemps. Il était déjà donné, il s'abandonnait déjà. Et elle n'arrivait plus à se contenir. Et elle avait perdu tout contrôle d'elle-même, possédée, oui, possédée par le désir.

« NON ! » Catherine avait crié ce « non » si fort, si fort qu'on aurait pu l'entendre jusqu'à Quarpuq, jusqu'au bout du monde. Dieu qu'elle se détestait en ce moment même. Dieu qu'elle avait horreur de ce corps indomptable, impossible à soumettre. « Qu'il gèle donc jusqu'à la moelle ! », s'était-elle écriée en donnant des coups de poing sur sa jambe.

Elle avait aimé Xavier. Non pas comme une sœur aime son petit frère ni comme une enseignante aime son élève. Non ! Elle l'avait aimé comme une femme aime un homme. Elle avait aimé passionnément un enfant de douze ans. Et elle se faisait horreur pour cela.

Encore aujourd'hui, il lui était difficile de comprendre ce qui s'était passé. Comment cela pouvait-il être possible ? Pourquoi elle ? Pourquoi lui ? Il y avait eu bien d'autres enfants avant Xavier.

Elle les avait aussi aidés, en avait aussi pris soin, les avait aussi aimés. Catherine avait voulu consacrer sa vie à ce métier et avait voulu s'y donner corps et âme. Alors pourquoi ?

Quelque chose en elle s'était produit en le voyant. Quelque chose en elle s'était brisé, comme un barrage cédant sous la force d'un impact. Tout son petit monde construit patiemment à force de travail et d'abnégation avait volé en éclat. Xavier l'avait envoûtée. À moins que ce ne soit ses propres démons qui la hantaient. Eh oui ! De vilains démons se cachaient sous les dehors avenants de la « gentille » Catherine. L'un de ceux-là, le plus terrible, s'appelait « passion dévorante ». Ce démon, ce n'était pas elle… mais c'était aussi elle.

Catherine s'était remise à psalmodier la prière de Marie de l'Incarnation

Hé Amour ! Quand vous embrasserai-je à nu et détachée de cette vie ? N'aurez-vous point pitié de moi et du tourment qui me possède ? Vous savez que je brûle de désir d'être à vous et n'ai-je pas suffisamment souffert d'être éloignée de vous ?

Son amour pour Xavier l'avait aveuglée. Elle cherchait toutes les occasions d'être auprès de lui. Au début, comme pour se dédouaner de ce qui lui apparaissait déjà comme une passion coupable, elle l'avait fait parler de lui, un exercice auquel il se prêtait aisément. Xavier était un garçon très sensible ayant vécu douloureusement l'absence de son père. Il disait comment il le cherchait tout le temps, dans la rue, dans les centres commerciaux, en promenade à la campagne. Selon sa mère, c'était inutile d'essayer de savoir où son père était. Il était parti très loin, dans un autre pays. Qu'à cela ne tienne, Xavier continuait à le chercher.

Ce gamin avait un si grand besoin d'amour, si grand. Le vide affectif chez lui était si immense. Catherine en avait été effrayée parfois. Selon sa perception, il suffisait d'un rien pour le voir tomber dans les mains de personnes mal intentionnées. Il finirait par se perdre à jamais. Elle voulait tant le protéger, elle voulait tant le meilleur pour lui. Mais en même temps, le gouffre de ce besoin d'amour l'attirait comme un aimant, comme lorsque le vide nous fait vaciller lorsqu'on regarde en bas d'une haute falaise.

Il lui arrivait de le regarder faire ses devoirs, seule avec lui après la classe. Il peinait, vraiment. Ce n'était pas facile. Lorsqu'un problème difficile se présentait, il tirait un petit bout de langue de côté. Catherine trouvait ce tic si charmant. Et lorsqu'il réussissait à le résoudre, il levait la tête tout joyeux, magnifique de contentement, lui souriait en disant : « mademoiselle, j'ai réussi ». Elle en était alors toute bouleversée.

Le rapprochement de Xavier avec Catherine avait commencé à être remarqué par les élèves. On traitait Xavier de « chouchou de la maîtresse ». Cela ne le dérangeait pas. Au contraire, il en était fier. Par contre, Catherine n'appréciait guère l'allusion. Elle avait toujours pris grand soin de ne pas faire de discrimination entre les élèves. Bien que prise en défaut, elle se sentait incapable de résister. Toutes les occasions étaient bonnes pour se rapprocher de lui, pour rester seule avec lui, parfois sous des prétextes futiles : une copie à réviser, une recommandation à faire. Chaque fois, elle lisait dans ses beaux yeux bleu clair de la tendresse mêlée d'admiration pour elle. Vers la fin de l'année, il était même apparu dans son regard une petite lueur inconnue jusqu'alors. Oh ! Catherine en avait été si troublée, de cette petite lueur !

Ses supérieurs et ses collègues ne s'étaient aperçus de rien tellement elle savait cacher son jeu. Seule Huguette avait eu des doutes : « Ah toi, ma p'tite, tu es amoureuse. Tu vas nous le présenter un jour », lui avait-elle lancé guillerette en la voyant ainsi adopter un comportement erratique. Catherine s'en était fortement défendue, affirmant vivre des événements perturbants dans sa famille. Et c'était en partie vrai. Son père était déjà très malade. Il ne s'intéressait plus à rien sur la ferme. De toute façon, il était incapable de faire face à ses obligations. Il était question de vendre la ferme, ce à quoi Monique s'était opposée avec la dernière des énergies. Oui, c'est vrai : elle avait la tête ailleurs.

À la fin de cette année-là, Catherine avait bien voulu pour la première fois accompagner un groupe d'élèves pour un séjour de quelques semaines dans un camp de vacances. Jusqu'à maintenant, elle n'avait jamais accepté de le faire, considérant donner déjà beaucoup de son temps à ses élèves. D'autant que la ferme de ses parents avait toujours besoin de bras durant la période d'été. Or en apprenant la venue de Xavier au camp, elle n'avait pas hésité à s'offrir comme bénévole, sur un coup de tête il va sans dire. Un geste qu'elle ne tarderait pas à regretter.

De se retrouver en pleine nature l'avait comblée au début, mais pas tant que de revoir son Xavier sortant pour la première fois loin de la grande ville. Pour lui, tout était nouveau : le lac, la forêt, les fleurs, les sentiers, le chalet où il dormait avec d'autres élèves et l'une de leurs maîtresses. Leur rencontre dans un autre milieu serait à n'en pas douter bénéfique. La nature aurait des effets thérapeutiques sur eux. Catherine avait espéré avoir avec Xavier une relation plus conforme à ce que l'on est droit d'attendre d'une enseignante avec son élève.

Cet été-là avait été exceptionnellement chaud et Catherine s'était particulièrement activée, de façon inhabituelle d'ailleurs. Un besoin la poussait à dépenser le plus d'énergie possible avant la nuit pour pouvoir tomber d'épuisement. Elle jouait au ballon avec les garçons et les filles ou faisait du canoë avec eux. Elle allait nager aussi, réticente malgré tout à afficher quelques parties de son anatomie, laquelle était pourtant bien galbée avec de longues jambes supportant un corps plutôt mince bien proportionné.

Comme d'habitude, Xavier cherchait à se retrouver auprès d'elle. Mais cette fois, Catherine avait voulu garder un peu plus de distance. Elle lui proposait tout doucement, en évitant de le blesser, d'aller jouer avec les copines et les copains de son âge. Lui, il disait préférer parler avec elle : « Vous êtes si gentille, Mademoiselle, puis les copines de mon âge ne m'intéressent pas. »

Chaque fois qu'elle tentait ainsi de l'écarter, chaque fois qu'il devait la quitter, Xavier le vivait comme un amoureux éconduit. Il s'en allait penaud, le visage infiniment triste. Elle en était toujours bouleversée. Il lui était arrivé souvent de vouloir le rappeler pour lui dire de rester. Combien de fois avait-elle pensé le rattraper, lui prendre la main, l'approcher de son corps, l'enlacer, l'embrasser, lui avouer son amour, lui dire de rester avec elle pour toujours, toujours ? Mais elle ne l'avait jamais fait.

Catherine avait commis la grave erreur — encore une fois quand il s'agissait de Xavier — de demander à dormir dans le chalet où Xavier couchait. Il y avait cinq chambres, dont l'une plus grande était destinée à la surveillante. Deux garçons occupaient chacune des quatre autres chambres. Xavier dormait dans l'une de celles-ci. Pendant le séjour, malgré la fatigue de la journée, Catherine faisait un effort pour se garder éveillée jusqu'à ce que tous les garçons s'endorment. Puis avec d'infinies précautions, elle se faufilait dans la chambre de Xavier pour le regarder dormir. Comme elle aimait le voir ainsi, reposé, calme. Il avait un si beau visage, le visage d'un enfant qui était déjà celui d'un homme. Il est même arrivé de flatter ses cheveux si soyeux. Cela ne le réveillait pas heureusement. On dort si profondément à cet âge. À moins qu'il n'ait fait semblant de dormir...

Lorsque Catherine retournait à sa chambre, encore tout émue de ce rapprochement, elle avait vécu les moments les plus pénibles, les plus détestables... les plus délectables de cet été là. Se couchant toute agitée, il lui venait alors des images si puissantes, des fantasmes si convaincants. Son corps, d'habitude si tranquille, devenait un torrent, une tempête, un ouragan. L'eau bouillonnait tellement, les vents soufflaient si forts qu'elle s'envolait très haut dans le ciel, happée par l'œil du cyclone.

À la fin de son séjour au camp de vacances, elle était totalement désemparée, complètement déboussolée. Elle s'était sentie sale, hypocrite, lâche. Elle ne voyait pas comment reprendre l'année scolaire en face de Xavier. Mais elle ne savait pas non plus comment se passer de lui.

***

Catherine n'en pouvait plus. Ses forces diminuaient. S'il n'y avait pas eu l'*Inukshuk* qui la soutenait, son corps serait maintenant allongé par terre, raide de froid. La neige continuait à tomber dans la nuit, une nuit qu'une petite lueur à l'horizon commençait à éclairer. Quelle heure pouvait-il bien être ? De toute façon, cela n'avait aucune importance. Elle ne sentait plus ses membres et ne bougeait plus. Elle allait bientôt mourir congelée. Mourir de froid était une mort douce, semble-t-il. On s'endormait pour ne pas se réveiller. Mais Catherine n'en croyait rien. Quand le sommeil la gagnait, ce n'était pas des rêves merveilleux qu'elle faisait. Seulement des cauchemars.

Elle venait encore une fois de fermer les yeux, tombant endormie une autre fois. Peut-être pour toujours. Mais son cerveau était encore suffisamment alerte pour produire des rêves bizarres, incongrus. Maintenant son esprit s'était raccroché à l'histoire de Sedna. Cette fille rebelle ne voulait pas se marier et pour cette raison elle fut punie d'horrible façon. Anarqaq lui avait conté cette histoire en lui disant de bien s'en souvenir, car Sedna était la mère de tous les dieux, celle qui punit et celle qui pardonne.

Catherine était devenue Sedna. Elle était en âge de se marier, mais faisait rager sa mère, Yvette, parce qu'elle refusait tous les prétendants qui se présentaient. Et Dieu sait qu'on la sollicitait. Un jour, un homme grand et fort était venu. Ses cheveux étaient coiffés en chignon sur le front et il portait un vêtement en peau de caribou. Elle l'avait aussi rejeté. Heureusement, car il s'était avéré être un grand caribou mâle. Toutefois, sa mère était de plus en plus irritée par son attitude.

Puis, était arrivé sur le rivage dans un grand kayak un bel homme d'une aimable stature. Elle l'avait cette fois trouvé séduisant. Il était habillé de peau de phoque. Il portait des lunettes de soleil inuites faites de morceau d'os. Il ne les enlevait jamais. Jamais non plus il n'avait descendu de son kayak. Parce qu'il lui avait semblé séduisant, et aussi parce qu'elle ne voulait pas de nouveau irriter sa mère, Catherine ne l'avait pas repoussé. Ainsi, avait-elle accepté de le prendre pour époux. Il l'avait embarqué dans son grand kayak et ils étaient partis ensemble au loin.

Après avoir voyagé un certain temps, ils étaient arrivés sur une île. Son nouveau mari avait voulu uriner. Il avait donc débarqué de son kayak. Or quelle ne fut pas sa surprise de constater son gabarit, beaucoup plus petit qu'il paraissait dans son kayak. De plus, il avait des jambes toutes maigrelettes le faisant sautiller plutôt que marcher. Et lorsqu'enfin il avait enlevé ses lunettes, il possédait des yeux sans paupières... et ils étaient rouges. Ce n'était pas un homme, mais un misérable goéland.

Catherine avait été très choquée. Elle lui avait dit : « Mais je croyais que tu étais beau et grand ». Alors l'horrible goéland s'était mis à chanter de sa voix de crécelle : « Regarde mes belles ailes. Ahahaha ! Regarde mes grandes lunettes. Ahahaha! ». Et il riait, et il riait. Il avait été capable de la tromper sur sa stature parce qu'il s'était soulevé avec sa queue dans son kayak. Il était alors apparu plus grand et plus beau. Parce qu'elle n'avait pas voulu se marier, parce qu'elle avait rejeté tous les prétendants, Catherine était maintenant mariée avec ce détestable goéland.

À présent, elle était seule, sans sa mère ni son père, et regrettait d'avoir fait sa mijaurée. Puis un jour, son père Médé était arrivé en kayak. Yvette l'avait envoyé prendre de ses nouvelles. Il l'avait trouvée vraiment pas comme d'habitude. Elle était triste et se négligeait. Catherine n'avait rien voulu dire à son père, car c'était bien de sa faute si elle avait choisi ce mari. Mais Médé s'était aperçu de son état et il avait décidé de la prendre avec lui et de repartir en cachette de son mari.

Le mari endormi, ils étaient repartis ensemble vers la maison de ses parents. Lorsque le goéland s'était réveillé, il avait constaté la disparition de son épouse, puis l'avait cherchée sans la trouver. Alors, il avait décidé de s'envoler haut dans le ciel. Lorsqu'il l'avait vue au loin dans le kayak de son père, et sachant qu'il ne pourrait pas les rattraper, il avait fait se lever un grand vent. Le kayak avait été pris dans des vagues immenses. Ils allaient chavirer tous les deux. Alors Médé, son père, avait pris une décision qu'il allait amèrement regretter. Il avait jeté sa fille à l'eau.

Catherine avait été horrifiée de voir son père l'abandonner pour sauver sa peau. Elle s'était accrochée au rebord du kayak de ses deux mains et lui criait : « papa, papa, qu'est-ce que tu as fait ? » Mais son père n'entendait pas les cris de sa fille tellement il avait peur. Il avait pris sa pagaïe et s'était mis à la frapper si durement qu'il lui avait coupé tous les doigts des deux mains. En tombant à la mer un à un, chacun des doigts s'était changé en animaux marins : l'un était devenu un béluga, l'autre un phoque, l'autre un morse, l'autre une baleine franche.

Comme il lui manquait tous les doigts pour se retenir au kayak, elle s'était alors mise à sombrer dans la mer, coulant irrémédiablement, perdue à jamais.

En descendant, elle voyait toutes sortes d'objets flotter : un encrier, une botte de carottes, un uniforme de pensionnat, une fleur, même un tracteur de ferme, des livres aussi, une amulette en forme de couteau à neige, une statuette de femme enceinte.

En regardant plus loin, elle avait vu un corps entre deux eaux. Il n'était pas laid ni décomposé. Il semblait dormir. Ce corps était celui d'un enfant. C'était celui de sa petite sœur Évelyne emportée par les remous de la rivière. Catherine avait essayé de l'appeler, mais c'était inutile. Aucun son ne sortait de sa bouche. Évelyne flottait là, les bras étendus, paisible, sereine.

Elle avait aussi vu un autre corps tombant comme une pierre. C'était son père. Il n'avait pas eu le courage de vivre après ce qu'il venait de faire à sa fille. Il s'était jeté à l'eau peu de temps après, cédant au désespoir. Puis, le corps de Médé s'était transformé, métamorphosé en une urne funéraire. C'était celle où les cendres de son père avaient été déposées quelques années auparavant. Son pauvre papa ne s'était jamais relevé de la mort de sa petite Évelyne.

Il avait dépéri jusqu'à ce qu'à bout de force, il s'était laissé aller. « Repose-toi, papa. Repose-toi » avait-elle voulu lui dire sans succès, car aucun son ne sortait de sa bouche.

Catherine avait continué à couler en regardant ses mains amputées de ses dix doigts. Lui était venu alors un étrange regret : celui de ne plus jamais jouer de piano. Sœur Marguerite l'avait tellement encouragée. Mais elle n'était pas persévérante et avait renoncé dès la sortie de l'école primaire. Aujourd'hui, elle le regrettait. Jouer du piano aurait été si consolateur pendant ses périodes tristes.

Maintenant, des sons lui arrivaient aux oreilles, des sons mélodieux. Il s'agissait d'un chant choral : *Oh Jésus, que ma joie demeure.* Ce chant était si doux à ses oreilles. Si doux ! La musique de Bach l'avait tant réconfortée dans sa vie. Mais elle ne pouvait pas fredonner l'air. Aucun son ne sortait de sa bouche.

Catherine plongeait toujours, se sentant maintenant de plus en plus calme devant la mort prochaine. Toutes ses angoisses se résorbaient peu à peu, comme absorbées par l'eau de mer. Elle acceptait sa mort. Enfin, elle se présenterait devant son Dieu, Lui si miséricordieux qui pardonne soixante-dix-sept fois sept fois.

Enfin, sa descente s'était terminée au fond de la mer. En touchant le sol, le jardin potager de son enfance lui était apparu, florissant. Tous les légumes étaient prêts à être cueillis et dégustés. En regardant plus loin, elle avait aperçu dans le flou la petite rivière à la lisière d'une grande forêt : la rivière de son enfance, la rivière tant aimée. Pourtant si loin de la surface, tout ce paysage était étrangement lumineux, comme éclairé par un soleil qui n'était pas le soleil.

La source de la lumière provenait d'un grand bâtiment, un immense igloo fait de blocs de glace transparents. Il lui était très difficile de s'approcher, car les mouvements se faisaient à grand-peine à cette profondeur. L'entrée de l'igloo était gardée par un chien très laid qui lui faisait très peur. Elle avait contourné l'igloo et s'était approché le visage des blocs transparents. De là, on pouvait voir à l'intérieur.

Elle avait mis ses mains tronquées en paravent autour de ses yeux et s'était avancée jusqu'à toucher les blocs. Bizarrement, ils n'étaient pas froids. L'espace intérieur était éclairé par une lumière douce bleuâtre. C'était une salle de classe avec un bureau de maîtresse tout au fond et des pupitres d'élève placés en rangées devant le bureau. Il s'agissait de l'une des salles du pensionnat des Ursulines. Il n'y avait personne toutefois. Puis, comme par magie, l'espace s'était métamorphosé en une autre salle de classe, l'une de celles où elle avait enseigné pendant trois ans à l'école Saint-Mathieu. On pouvait facilement reconnaître le tableau noir, le babillard des récompenses, les étagères de livres d'études et de cahier d'exercices, le plancher de terrazzo.

Son regard s'était ensuite porté sur le dernier pupitre au fond de la classe. C'est alors que Catherine avait sursauté d'effroi. Toutes les émotions, toutes les pensées qu'elle pensait avoir laissées derrière en quittant ce monde lui revenaient en vrac : ses peurs, ses remords, sa lâcheté, sa culpabilité insondable. Elle venait d'apercevoir Xavier assis comme un élève sage à son pupitre. Il y avait un cahier devant lui et il tenait un crayon dans la main. Sa tête était penchée sur le côté dans une étrange position. Il souriait, sa langue, cette petite langue charmante tirée lors de ses efforts de concentration, sa langue démesurément longue maintenant pendait affreusement sur le côté. Son visage était bleu.

Catherine avait voulu crier, mais aucun son n'était sorti de sa bouche. Au même moment, elle avait entendu aboyer avec furie le chien laid qui gardait l'entrée. Il avait dû s'apercevoir de sa présence et il semblait tellement furieux qu'on aurait dit une meute de chiens jappant tous en même temps. Puis, un long sifflement s'est fait entendre plusieurs fois. Ce sifflement était strident et l'avait en partie extirpée de son rêve. Ses yeux peinaient à s'ouvrir tellement elle était faible, tellement elle ne voulait pas se réveiller. « Je suis déjà morte. C'est certain, je suis déjà morte. »

Finalement, Catherine avait entrouvert les paupières et aperçu une forme floue, sombre et immense. Elle se demandait ce que cela pouvait bien être. Il n'y avait rien ici. Rien dans ce paysage froid, barbare et inhumain. Après un moment, elle l'avait reconnu : c'était l'homme en noir. Oui ! C'était bien l'homme en noir. Son *tuurnqaq* était enfin là. En définitive, il était venu la chercher. Enfin, il était là.

L'homme en noir s'était penché vers elle de toute son immensité. On ne voyait pas son visage, mais c'était bien lui. Catherine avait finalement trouvé la force en elle, dans un ultime effort, de lui souffler quelque chose : « Xavier, Xavier... enfin... tu es venue... ».

L'homme avait mis les bras sous son corps et l'avait soulevée. La neige accumulée sur Catherine pendant toute cette nuit tombait en morceaux sur le sol sans faire de bruit. Il ne neigeait plus ; c'était le matin. Elle s'était accrochée à lui comme à une bouée de sauvetage miraculeusement trouvée en pleine mer, puis s'était immédiatement évanouie.

Tulimaaq avait déposé délicatement Catherine sur son traîneau auquel étaient attachés six chiens robustes et agités. Ils aboyaient avec frénésie, prêts à tout moment à s'élancer pour retourner au bercail. C'était ces aboiements qu'elle avait entendus dans son sommeil. Il avait attaché son corps inanimé avec des courroies faites de peau de phoque, les meilleures. Sa démarche était rapide, ses gestes précis. Le temps pressait, il le savait. Celui de Qataq était compté. Il l'avait recouverte avec toutes les peaux du traîneau.

Ses préparatifs terminés, il avait saisi les rênes, s'était installé sur les berceaux arrière, les pieds bien ancrés dans les patins. Il avait enlevé le frein et avait sifflé longuement et plusieurs fois, un sifflement aigu et perçant, le même entendu dans le sommeil de Catherine. Le traîneau s'était élancé brusquement, emporté par les chiens ne demandant qu'à courir follement. La vitesse de pointe du traîneau était tellement rapide. Seule une main experte comme celle de Tulimaaq était en mesure de contrôler le convoi. Le traîneau avait glissé ainsi pendant longtemps jusqu'à son igloo d'hiver.

Tulimaaq avait compris — allez savoir comment avec ce diable d'homme — que Catherine était en danger. Il avait passé une partie de la nuit à appeler son *tuurnqaq* voyageur. Celui-ci était un nain avec une bouche édentée perpétuellement souriante. Il lui avait dit : « Que me veux-tu encore ? J'étais occupé de l'autre côté du monde et tu me déranges. » Tulimaaq lui avait dit : « je cherche quelqu'un en danger de mort ». Le nain avait répondu avec entrain : « Ah bien, alors, je suis ton homme ». Il avait fait sortir Tulimaaq de son corps pour qu'il puisse voir au loin. L'un des dons des grands chamans comme lui était d'être capables de retrouver des voyageurs en perdition. Le don ne fonctionnait pas toujours, mais il l'avait exercé une ou deux fois avec succès.

Lorsqu'il s'était trouvé haut dans le ciel, il avait scruté l'horizon. Il neigeait et la vision n'était pas toujours claire. Mais il avait quand même pu apercevoir, très loin, là-bas Catherine adossée sur son *Inukshuk*. Elle était à peine visible tellement la neige la recouvrait. Mais c'était bien elle, il le savait. Il avait aussitôt réveillé et attelé ses chiens, car il y avait une longue route à parcourir.

Quand il l'avait trouvée, elle était sur le point de succomber au froid. Il le voyait à son visage bleui et à la rigidité de son corps. Il s'était empressé de la ramener à son igloo. Arrivé à l'intérieur, il lui avait enlevé tous ses vêtements et avait fait de même pour lui. Il avait déposé son corps nu sur la plate-forme lui servant de lit et s'était étendu, nu lui aussi, auprès d'elle sous la peau de l'ours blanc tué autrefois, lors de l'une de ses randonnées de chasse. Puis, il s'était collé sur elle en recouvrant le plus de surface de son corps possible avec le sien. Au Nord, on savait depuis des lustres que le meilleur moyen de sauver un être humain du froid extrême était la chaleur d'un autre corps. Au stade où Catherine en était, presque mourante, tout autre moyen aurait pu provoquer un choc thermique fatal.

Les deux étaient restés ainsi pendant plusieurs heures, Tulimaaq longtemps dans l'incertitude en se demandant si elle reviendrait un jour à la vie. Pendant tout ce temps, il avait invoqué Sedna de lui venir en aide.

Chapitre 6

Catherine reposait toujours inconsciente dans l'igloo de Tulimaaq, couchée près de lui sous la peau d'ours. Elle ne se réveillait pas. Tulimaaq était étendu tout près, tentant de la réchauffer avec son corps. Il se demandait si elle allait survivre et, le cas échéant, si elle ne garderait pas quelques séquelles. Son séjour dans le froid avait été si long dans cette température boréale descendue pendant la nuit en dessous de -25e. Même avec ses vêtements inuits, cela pouvait ne pas suffire, surtout exposée au vent et aux intempéries comme elle l'était.

Au début, Tulimaaq avait grelotté lorsqu'il s'était collé sur cette chair congelée. C'était comme se coucher tout nu sur un bloc de glace. Il avait beau être habitué au froid polaire, son corps n'en réagissait pas moins normalement. Il était resté ainsi, sans bouger, tressautant par à-coups, attendant que son corps se réchauffe suffisamment pour faire cesser enfin ses propres tremblements. Il avait l'impression d'absorber dans son propre corps la froidure de Qataq. Il prenait sur lui, en lui, ce que ce froid pouvait avoir de mortifère.

Catherine émergeait très lentement de son inconscience. Toutes sortes de souvenirs lui revenaient par bribes éparses. Elle sentait l'odeur d'humus après une pluie d'été. Elle respirait à plein poumon les effluves du foin frais coupé. Elle revoyait sa mère en train de cuisiner quelque chose en chantonnant : « Ma mère chantait toujours. Lalala ! Une vieille chanson d'amour que je te chante à mon tour. » Évelyne était devant elle, un bouquet de fleurs sauvages à la main, souriante, heureuse.

Ensuite, Catherine était assise au piano de Sœur Marguerite en train de pratiquer la *Petite musique de nuit*. Elle s'appliquait, comme toujours, à faire ressortir toutes les notes distinctement.

Puis, elle se revoyait en face de la psyché du couloir du pensionnat, étonnée de se trouver belle dans son nouvel uniforme d'écolière.

Catherine commençait maintenant à ressentir la chaleur et, sans doute par contraste avec le froid extrême subi, la sensation éprouvée était celle d'une chaleur excessive. Elle se retrouvait à Montréal. C'était l'été dernier où il avait fait si chaud. Quelle idée de descendre du Nord pile au moment où Montréal subissait la canicule de juillet ?

Catherine détestait se trouver dans cette situation. De son point de vue, on pouvait se protéger du froid, mais pas de la chaleur. Il ne lui était pratiquement jamais arrivé de revenir dans le Sud depuis son séjour au Nunavik, car il lui était seulement possible de le faire pendant l'été et c'était précisément les mois les plus chauds, les plus désagréables. En conséquence, elle évitait de descendre au Sud.

Mais là c'était différent. Catherine n'avait pas eu le choix.

Elle s'était retrouvée dans un petit appartement plutôt délabré du centre-ville loué à la semaine. Son seul avantage consistait à se situer à proximité de l'hôpital où sa mère était soignée. Elle se revoyait assise à la petite table bancale en train d'avaler un bol de soupe — Catherine adorait la soupe — malgré la chaleur, prenant avec précaution des cuillerées à moitié pleines en soufflant dessus pour ne pas se brûler.

Les quelques fenêtres grandes ouvertes ne parvenaient pas à faire entrer un peu de fraîcheur dans ce coqueron sans air conditionné. Un éventail électrique acheté à la va-vite faisait tourner ses pales dans un bruit d'avion. Le son n'arrivait toutefois pas à couvrir le vacarme de la ville : les enfants criaient dans la rue, les chiens aboyaient, puis les klaxons des automobilistes furieux, les sirènes d'ambulance arrivant à l'urgence de l'hôpital.

Le poste de radio était ouvert et débitait des nouvelles : émeute violente à la prison d'Archambault… trois morts chez les gardiens et de nombreux blessés… reprise en main difficile de la prison… rumeur de démission du chef du parti Libéral, Claude Ryan… ne s'est pas relevé de sa défaite aux dépens du Parti québécois l'année précédente… séquelles du retrait du Québec du rapatriement de la Constitution sans son accord… nuit des longs couteaux…

Elle se rappelait avoir trouvé cette dernière expression étrange. Pourquoi les journalistes avaient-ils osé comparer cet événement politique somme toute bénin avec le début de la montée du nazisme en Allemagne avant la guerre ? « Un peu de modération, s'il vous plaît » avait-elle murmuré entre les dents.

Catherine n'avait pris contact avec personne depuis son arrivée en ville. Seule sa sœur était au courant de sa venue. Elle avait voulu briser les liens de façon radicale… et elle avait réussi. Très peu de missives ou même d'appels téléphoniques lui étaient parvenus du Sud depuis son arrivée dans le Grand Nord.

Lors de sa première année au Nunavik, sa mère lui avait écrit une belle lettre d'une calligraphie approximative, presque enfantine. Yvette lui disait comment elle s'ennuyait d'elle — Catherine ne l'avait cru qu'à moitié — et lui donnait des nouvelles de la famille. Le papa n'allait pas bien, vraiment. Il « chiquait la guenille » et fumait plus que jamais. Il avait « planté le poireau » hier et il s'était retrouvé « sur le quopette ». Il avait eu bien mal. Yvette avait des expressions sortant de nulle part que seule la famille immédiate pouvait comprendre. « Planter le poireau », c'était trébucher et tomber par terre. Le « quopette », c'était les fesses, le derrière.

Peu de temps après cette lettre, Monique l'avait appelée pour lui annoncer la mort de Médé. C'était en janvier. Elle avait dû interrompre pour une semaine ses classes afin de descendre en catastrophe au village. Médé avait voulu se faire incinérer, une chose devenue possible au Québec depuis quelque temps, mais ce n'était pas une coutume courante à la campagne. « Je ne veux pas me faire ronger par les vers », avait-il dit en faisant mettre une clause dans son testament à cet effet. L'urne était bien petite sur la grande table faite pour porter des cercueils. La cérémonie avait été brève, vite expédiée. Puis, la vie avait repris son cours. Yvette et Monique étaient retournées à la ferme et Catherine au Nord.

La mort du père, même si ce dernier était beaucoup moins actif depuis quelques années, avait bouleversé les plans d'Yvette et surtout de Monique. Un fermier n'avait pas les moyens de mettre de l'argent de côté pour ses vieux jours. Médé avait bien une petite assurance-vie, mais insuffisante pour permettre à la famille de survivre à long terme. Or Yvette ne s'était jamais vraiment investie dans les gros travaux de ferme. Ce métier demandait de la force et de l'endurance et l'on ne demandait pas cela à une épouse de sa génération. Et elle ne commencerait surtout pas maintenait. Monique se retrouvait donc seule avec la charge complète de la ferme.

Il y avait eu des discussions orageuses entre la mère et la fille à propos de la vente éventuelle de la ferme. Évidemment, Monique avait gagné comme toujours, jusqu'au jour où le comportement erratique de sa mère avait changé la donne. Par exemple, Monique avait longtemps cherché l'ouvre-boîte avant de le retrouver dans le réfrigérateur. Sa mère s'était défendue de l'avoir mis là. Ce n'était pas elle ; elle s'en serait souvenue.

Les choses avaient empiré avec le temps. Non seulement des objets disparaissaient à la poubelle ou dans le jardin, mais Yvette commençait à oublier des mots. D'abord, c'était des expressions courantes, de petits mots de tous les jours. Puis, la conversation était devenue de plus en plus pénible, saccadée, entrecoupée de longues hésitations. Le médecin spécialiste consulté à Trois-Rivières avait été catégorique. Yvette faisait de l'Alzheimer et sa condition se détériorait rapidement. Elle devait être bientôt hospitalisée si la maladie devait évoluer à cette vitesse. Monique ne pourrait pas la garder à la maison dans son état.

Catherine avait appris le diagnostic de sa mère par sa sœur qui l'avait appelée en larmes. Pour l'une des rares fois, elle avait senti sa sœur désemparée par la situation. Monique faisait toujours la forte, se montrant énergique et déterminée dans n'importe quelle situation. Le métier exigeait cela, disait Monique. Quand on est cultivateur, on ne doit pas se laisser abattre et on doit pratiquer le système D. Mais dorénavant, la situation lui échappait totalement. Elle se retrouvait seule à gérer la maladie de sa mère et, à l'évidence, ne savait plus quoi faire. Monique se butait : les médecins avaient tort de croire qu'elle serait incapable de s'en occuper. Il n'était pas question d'abandonner sa mère dans ces foutus hôpitaux. Il n'était pas question de laisser tomber toutes ces années de labeur et de sacrifices.

Pourtant, cela était bien arrivé. Monique avait tenu le coup pendant un certain temps. Mais avec le travail exigeant de la ferme et sa mère de plus en plus handicapée à la maison, elle n'en pouvait plus. Une décision crève-cœur avait dès lors été prise : vendre la ferme. Tout ce pour quoi Monique s'était battue pendant sa vie allait partir en fumée. Non seulement la terre disparaissait, mais tout un mode vie avec elle. Monique n'avait jamais connu et voulu autre chose. Qu'allait-elle devenir ?

La vente ne s'était pas faite immédiatement. Ces années-là n'étaient pas très propices au travail paysan. Il n'y avait pas de relève. Les enfants de cultivateurs se sentaient plus attirés par la vie facile en ville que par le travail harassant de la campagne. D'autant qu'ils avaient vu leurs parents s'échiner pour quelques grenailles. Quand des jeunes souhaitaient vivre sur une terre, c'était dans un esprit on ne peut plus romantique, dans le sillage des expériences hippies des belles années du retour à la nature. Les autres, sachant combien il en coûtait de vivre de la terre, ne se bousculaient pas au portillon.

Après avoir baissé son prix plusieurs fois, Monique avait réussi à vendre la terre « pour une bouchée de pain. » Le cycle de la misère venait de boucler la boucle : Médé n'avait-il pas acheté cette même terre pour la même bouchée de pain plusieurs décennies auparavant ?

Monique avait pris une autre décision importante. Au lieu de s'installer au village après la vente de la terre, comme il aurait été prévisible de la voir faire, elle était venue habiter dans la grande ville, à Montréal, elle qui n'était pratiquement jamais sortie de son coin de pays. Après avoir trouvé un grand logement de deux chambres, elle s'y était installée avec sa mère déjà très malade.

Il y avait bien sûr des raisons pratiques à ce choix. À Montréal, on trouvait les infrastructures de santé les plus nombreuses et les plus diversifiées, dont certains hôpitaux se spécialisant dans les maladies comme celle de sa mère. Mais il y avait aussi chez Monique une sorte de sursaut de révolte contre sa situation antérieure. Elle avait déjà largement dépassé la trentaine, était toujours vieille fille et avait gaspillé les meilleures années de sa jeunesse à une ferme ingrate qui ne lui avait presque rien laissé. C'était là une façon de couper les ponts.

Catherine était encore perdue dans les nuages de l'inconscience. Ses souvenirs à propos de ce court séjour à Montréal continuaient à se bousculer, plus précis néanmoins. Peut-être parce que ce voyage avait joué un rôle majeur dans sa situation actuelle. En effet lors de son retour à Quarpuq, elle avait commencé sérieusement à « dérailler » — c'était son expression pour décrire sa situation. Après avoir repris le travail sans conviction, elle négligeait ses élèves, « négliger » étant un mot peut-être trop fort pour une enseignante aussi consciencieuse. On ne la voyait plus avec cet entrain tant apprécié des élèves et des parents. Pire, elle avait perdu le sourire.

Catherine s'enfermait encore plus souvent dans sa chambre, ne voulant voir personne. Michel s'était aperçu de ce changement. Il était venu plusieurs fois cogner à sa porte. Elle l'avait chaque fois laissé entrer tout en se comportant avec lui comme avec un étranger. Comme d'habitude, il faisait seul la conversation. Or les choses ne tournaient pas rond et Michel s'en était aperçu. Il lui avait posé la question clairement : « Ça va pas, toi, depuis que t'es revenue de Montréal. Qu'est-ce qui s'est passé là-bas ? » Évidemment, les réponses étaient toujours évasives et banales.

Michel n'avait pas oublié cette dernière soirée du Nouvel An passée auprès de Catherine, lorsqu'il avait tenté de l'embrasser. Il avait bien vu son hésitation et une petite lueur d'espoir était alors apparue. Michel s'attachait à elle de plus en plus, mais il ne voulait rien brusquer. Il avait progressivement pris conscience de sa capacité à être de nouveau amoureux après son échec avec Sophie. Il était prêt à l'attendre.

Mais n'était-il pas déjà trop tard ? Pendant cet automne fatidique qui avait connu son aboutissement dans l'igloo de Tulimaaq, Catherine descendait au fond d'un trou sans issue. Ce fut lent, progressif, mais irréversible. Ce qu'elle avait appris pendant ce séjour à Montréal durant l'été l'avait définitivement brisé. Après avoir si longtemps résisté aux assauts du remords, elle ne parvenait plus à se rasséréner, même après avoir essayé de retrouver ses vieilles habitudes autrefois capables de lui éviter tant de désagréments. Rien ne la rassurait. Elle n'y arrivait pas.

L'angoisse la prenait de plus en plus souvent, en pleine nuit parfois. Surtout la nuit. Son souffle court s'échappait de sa poitrine à un rythme fou pendant de longues, très longues minutes, la laissant réveillée et en sueur durant quelques heures. Il n'y avait personne pour l'aider. Il n'y avait personne. Elle était seule.

Oh bien sûr Tulimaaq, ce diable d'homme, était là. Il avait compris son état d'âme avant qu'elle ne le comprenne elle-même. Lorsqu'il revenait de ses périples, il venait immanquablement la voir. Il lui apportait un petit cadeau, une babiole sculptée sommairement dans un morceau d'os — pas très jolie d'ailleurs ; ce n'était pas un bon sculpteur.

Tulimaaq n'entrait jamais chez Catherine. Il préférait rester à l'extérieur. Il s'assoyait sur un rocher en face de son logement en l'attendant. Elle venait s'installer à ses côtés sans rien dire. Il lui tendait alors la petite sculpture. « Merci ! Très beau ! » lui disait-elle en lui mentant. Puis le silence. Lui non plus ne disait rien, comme d'habitude. Il se contentait de dessiner quelque chose sur la neige avec un petit bout de bois.

Catherine avait confiance en ce diable d'homme, sans savoir pourquoi d'ailleurs. Il était si différent. Elle se sentait en sécurité avec lui, peut-être justement parce qu'il n'attendait rien d'elle. Combien de fois avait-elle voulu lui crier sa souffrance sans en être capable ? « Maudit respect humain », s'était-elle dit à l'époque. Maintenant qu'il l'avait sauvée d'une mort certaine, maintenant qu'elle était liée à lui de façon indéfectible, peut-être que…

***

Catherine restait toujours à moitié consciente. Son corps se réchauffait progressivement en présence de celui de Tulimaaq. Les réminiscences de son séjour à Montréal cet été-là continuaient à se bousculer.

Elle se souvenait avoir marché sur une courte distance jusqu'à l'hôpital dans les rues bruyantes du centre-ville. Il régnait dans la ville cette odeur malsaine qui pénétrait de force dans les narines. Beaucoup de gens pressés couraient on ne sait où vers on ne sait quoi. Ce n'était plus les mêmes personnes qu'auparavant. Montréal était en train de changer depuis son dernier séjour. Elle avait reconnu ce géant barbu habillé tout en noir, plutôt bête de cirque, déambulant d'un pas d'éléphant de l'autre côté de la rue. Il lui avait fait forte impression naguère lorsqu'il avait tiré un autobus à lui tout seul.

L'hôpital était laid, comme la plupart des hôpitaux d'ailleurs. Pourquoi les hôpitaux sont-ils toujours aussi désolants ? Après avoir pénétré par l'entrée de l'urgence, le choc avait été brutal. On s'engouffrait dans un véritable hall des miracles. Tous ces gens tristes ou hagards toussant ou crachant, ces enfants pleurant à tue-tête, ces blessés sommairement bandés attendant d'avoir un lit. Elle en avait presque eu la nausée. Il lui fallait obtenir le numéro de chambre de sa mère. L'homme à la réception lui avait dit sans lever la tête : « Pavillon C, chambre 606, sixième étage ».

L'ascenseur fatigué et sale l'avait transportée au sixième étage. Les couloirs étaient aussi déprimants que l'urgence. Elle s'était demandé si les prisons n'étaient pas mieux tenues. La chambre 606 avait été facile à trouver. Elle avait hésité à entrer.

C'était une chambre à deux lits. Il y avait un vieux monsieur dans le premier lit près de l'entrée. Il dormait. Catherine avait cru s'être trompée de chambre. En reculant un peu pour bien lire le numéro, elle avait aperçu debout près du lit au bord de la fenêtre Monique qui se retournait. Sa sœur lui avait dit d'une voix forte en faisant sursauter le vieillard près de la porte :

« Tiens, voilà notre Esquimaude !

— Bonjour, Monique. Moi aussi, je suis contente de te voir. »

Catherine avait contourné le premier lit, s'était approchée de Monique et l'avait embrassée sur les joues, sans vraiment de conviction. Ni sa sœur non plus d'ailleurs.

« Tu es arrivée quand ?

— Avant-hier.

— Et tu ne m'as pas téléphoné.

— Je n'ai pas eu le temps. Tu sais je ne viens pas souvent au Sud et…

— Oui, oui bien sûr. Très occupée.

— En tout cas, on se voit là. Non ? Comment va maman ? »

Catherine avait regardé sa mère allongée toute raide sur le lit. Comme elle avait changé. Son visage n'était pas maigre, il était émacié. On ne voyait plus que ses pommettes saillantes, ses cheveux filasse et ses yeux grand ouverts. Ses yeux surtout l'avaient frappée. Yvette avait la tête tournée vers la fenêtre, mais elle ne regardait rien. Il n'y avait rien dans ses yeux. Ils étaient vides, comme ceux d'un mort.

Monique s'était penchée vers elle et lui avait dit tout doucement : « maman, maman, regarde qui est là ». Yvette avait lentement tourné la tête. Puis, une toute petite lueur s'était allumée dans son regard. Vraiment presque imperceptible. Et elle avait dit avec un semblant de sourire : « Evelyne! Oh Évelyne ! » Catherine avait tressailli au nom de sa sœur, mais n'avait rien montré de son désarroi. Monique avait repris sa mère : « Non, maman ! Ce n'est pas Évelyne, c'est Catherine ». Mais Yvette était déjà retombée dans le vide sidéral. Monique avait dit :

« Elle perd de plus en plus la notion du temps. Elle ne se souvient presque plus de rien. Même moi qui viens tous les jours, il lui est arrivé de ne pas me reconnaître. Elle ne parle plus. Quelques mots de temps en temps. Elle a dit l'autre jour, c'était presque drôle, que je ne devais pas traîner pour aller traire les vaches.

— Il me semble que les choses se sont passées si vite.

— Pas tant que ça. Mais toi, c'est vrai, tu n'as pas vu passer le temps. Tu étais trop occupée à sauver tes Esquimaux.

— Des Inuits, Monique. Des Inuits.

— Des Inuits ? Des Esquimaux ? C'est pareil. Tu n'étais pas là quand nous avons eu besoin de toi, c'est ce que je comprends. »

Catherine avait gardé le silence, sachant pertinemment qu'il ne servait à rien de donner à sa sœur les raisons de ses choix. Monique avait ajouté.

« T'es revenue pour longtemps ? Où est-ce que tu habites ?

— Non. Une semaine seulement. Je dois retourner enseigner au Nord. J'habite un petit logement près d'ici.

— Oui, c'est vrai ! L'enseignement. Ç'a toujours été important pour toi : l'enseignement. Au moins, si tu étais restée à Montréal, t'aurais pu être plus présente pour ta mère, pour nous.

— Oui, c'est vrai. Mais je ne pouvais pas.

— Pourquoi ? Qu'est qui te pressait tant de partir si loin... et de cette façon surtout, sans le dire à personne, même pas à moi.

— Depuis quand tu t'intéresses à mes projets. Les seules fois que ça t'arrive, c'est pour me critiquer ou me faire des reproches.

— Bien sûr que je t'en fais, des reproches, avait dit Monique en haussant le ton. Bien sûr. T'as jamais été là. Depuis l'âge de douze ans que tu n'es pas là. Tu nous as laissé tomber. Tu n'étais pas là quand Évelyne...

— Ça suffit avec ça ! »

134

Catherine avait dit cela en haussant le ton. Ce n'était pourtant pas dans ses habitudes. Monique en avait été surprise et s'était tue. Catherine avait continué.

« Tu ne pourras jamais comprendre ça. On peut avoir envie d'une autre vie que celle de la ferme. C'est bien beau la terre, mais il y a aussi des gens qui vivent SUR cette terre. Et eux aussi ont besoin de nous parfois.

— Mais…

— Laisse-moi finir ! Que penses-tu que j'ai fait pendant tout ce temps ? Je me suis tourné les pouces en regardant les oiseaux voler ? J'ai travaillé très dur, Monique. Très dur. Je me suis donnée complètement pour que des enfants grandissent, deviennent de meilleures personnes. Je ne sais pas si tu t'en es aperçu Monique, mais ce monde-ci ne va pas très bien. Il a besoin de gens qui croient encore au progrès de l'humanité, de gens qui croient encore en cette terre créée par un Dieu qui nous aime et qui veut le meilleur pour…

— Tiens ! Tiens ! La bonne sœur est jamais vraiment sortie de toi à ce que je vois.

Catherine était maintenant de plus en plus furieuse. Elle n'avait jamais élevé le ton de cette façon envers Monique. Mais là, elle n'avait plus le contrôle de ses émotions.

— Ça, c'est bien toi. Toujours à parler à tort et à travers. Quand j'entends ça, ne te demande pas pourquoi je me tiens loin de toi. Tu vois seulement ton petit monde, t'en sors jamais et tu juges les autres à partir de lui. Qu'est-ce que tu connais du monde ? Hein, qu'est-ce que tu en connais ?

Monique était restait bouche bée, abasourdie par la conversation. Elle ne l'avait jamais entendue lui parler de cette façon. Catherine avait poursuivi :

« Puis qu'est-ce que tu connais des autres ? As-tu déjà vraiment aimé quelqu'un ? Qu'est-ce que tu connais de l'amour ? Sais-tu c'est quoi d'aimer, d'aimer avec passion, sans limites ? Sais-tu c'est quoi, toi… ? »

Catherine avait terminé sa phrase presque en criant, les larmes aux yeux. Monique se taisait. Elle venait de comprendre que Catherine adressait ces récriminations plus à elle-même qu'à sa sœur.

« Qu'est-ce qui t'arrive ? »

Catherine avait entendu grommeler le vieil homme. Il avait été dérangé par son ton de voix, ce qui l'avait un peu calmée.

« Excuse-moi Monique, excuse-moi. Je ne suis plus moi-même depuis quelque temps.

— Qu'est-ce qu'il y a ?

— Oh, tu sais, le Nord parfois… le vide du Nord… ça peut finir par nous gruger de l'intérieur… par venir nous chercher…

– Chercher quoi ? »

Catherine avait totalement repris le contrôle de la conversation maintenant. À l'évidence, elle ne voulait pas pousser plus loin les confidences.

« Ah laisse tomber, oublie ça. Qu'est-ce que tu vas faire maintenant avec maman ?

136

— Comme tu peux le voir, il n'y a plus grand-chose à faire. Les médecins m'ont dit qu'elle en avait encore pour quelques semaines, quelques mois tout au plus.

— Et toi, qu'est-ce que tu vas devenir ?

— Ben, je vais continuer à venir la voir tous les jours.

— Tu sais ce que je veux dire. Que vas-tu faire après ?

— Je sais pas. J'en sais vraiment rien. Tout ce que je connais, c'est travailler la terre. Et à Montréal, il n'y a pas beaucoup de lopins à labourer. L'autre jour, je suis allé faire réparer ma vieille voiture dans un garage. On manquait de personnels. Je pense m'offrir. Je connais bien la mécanique.

— Y a pas beaucoup de femmes qui travaillent dans un garage.

— Tu me connais. C'est pas ça qui va m'arrêter.

— Oui ça, j'en suis certaine. »

Catherine lui avait dit cela avec le sourire. Monique avait souri à son tour.

« Bon ! Il faut que je file, avait dit Catherine.

— Déjà ! On s'est à peine vues. Pourquoi ne viendrais-tu pas souper un soir avant de repartir ? Tu connais mon adresse ?

— Oui, je te le promets. »

Catherine n'avait pas tenu sa promesse.

***

Catherine venait de longer le couloir, de reprendre l'ascenseur et de replonger dans l'atmosphère délétère de l'urgence en avançant d'un pas rapide. Son plus ardent désir était de sortir de là au plus vite. La rencontre avec sa mère et avec Monique avait été pénible, comme elle l'avait imaginée d'ailleurs. Ce n'est pas tant la condition de sa mère qui l'avait affectée. Elle s'y attendait. Mais elle appréhendait de se retrouver en présence de sa sœur. Oh, ces deux-là ne se détestaient pas ! On ne peut pas détester sa sœur ; c'est impossible. Néanmoins, il régnait toujours entre elles un immense malentendu. Monique avait peut-être raison au final, s'était-elle dit. Les deux sœurs s'étaient éloignées depuis beaucoup trop longtemps. La distance était tellement grande maintenant qu'elles étaient presque devenues des étrangères.

« Catherine ! Youhou, Catherine ! »

Catherine avait entendu crier son nom dans le brouhaha sourd des conversations entrecoupées de quintes de toux. Déjà tout près de la sortie, elle avait marché en droite ligne sans regarder personne dans sa hâte de revoir la lumière du jour. Or en se retournant à l'appel de son nom, elle avait aperçu un visage connu, une ancienne collègue de l'école Saint-Mathieu : Huguette. À la fois déçue de ne pas pouvoir aller plus loin et quand même contente de revoir l'une de ses rares copines de l'école, elle avait tourné les talons et s'était approchée.

Huguette s'était levée pour l'accueillir, franchement heureuse de la voir. C'était une femme enjouée et affectueuse, du genre à vous prendre dans ses bras à la moindre occasion. Elle n'avait pas manqué de le faire avec Catherine qui s'était sentie serrée comme si un rouleau compresseur lui passait dessus.

« Comme je suis heureuse de te voir. Catherine ! La grande Catherine ! »

Huguette et Pauline, son autre copine, l'avaient toujours appelée ainsi, car Catherine les dépassait de quelques centimètres. Elles s'amusaient bien également de cette allusion à l'impératrice russe croqueuse d'hommes, sachant qu'elle était toujours célibataire et semblait avoir l'intention de le rester.

Huguette avait relâché son emprise, l'avait repoussée un peu et regardée avec un faux air de reproche en lui disant :

« T'es vraiment une lâcheuse, tu sais. Tu avais promis de m'appeler lorsque tu serais là-bas. Jamais un mot de ta part. Cinq ans et jamais une lettre ou un appel. Je ne pouvais même pas te joindre. Et ce n'est pas que je n'ai pas essayé. Je ne savais pas dans quel village tu étais, ni même si tu n'avais pas menti sur ta destination. Une lâcheuse oui ! »

Catherine était tout sourire. Elle aimait bien Huguette, une femme entière et surtout très généreuse. Sa copine ne manquait jamais une occasion de lui faire plaisir avec un petit cadeau ou une invitation au resto. Catherine avait regardé le petit garçon assis à côté d'elle et avait dit :

« C'est ton petit dernier ?

— Catherine, Ah, Catherine ! Ce n'est pas mon petit dernier, mais mon plus vieux. J'ai deux autres enfants.

— C'est Bruno, le petit Bruno, celui qui bavait sur mon épaule quand je le prenais dans mes bras ?

— Mais oui. Il a six ans maintenant.

— Mon Dieu, c'est pas vrai ! »

Catherine avait caressé les cheveux touffus de Bruno en lui souriant. L'enfant lui avait souri à son tour avant de reprendre sa mauvaise toux bronchique. Huguette avait pris Catherine par le bras et l'avait fait asseoir à côté d'elle. La chaise, occupée pendant longtemps par un petit homme nerveux aux cheveux rouge-carotte, venait tout juste de se libérer. Elle s'était assise avec un peu de réticence. Huguette avait poursuivi :

« Raconte-moi tout. Qu'est-ce que tu deviens ? T'es revenue à Montréal ?

— Juste pour cette semaine. Ma mère est très malade et je devais venir la voir.

— Qu'est-ce qu'elle a ?

— Alzheimer. Dernier stade.

— Ah. C'est triste quand on voit ainsi partir nos parents. J'aimerais bien que mon père soit encore là. Puis toi, parle-moi de toi.

— Oh, il n'y a pas grand-chose à dire. Je travaille avec les Inuits du Nunavik. J'enseigne aux enfants du primaire.

— Tiens, tu ne voulais plus enseigner aux ados délurés du secondaire ? Tu te souviens comment ils étaient, nos ados ? »

Catherine commençait maintenant à être sur la défensive. C'était précisément le genre de conversation qu'elle tenait à éviter.

« Et toi, qu'est-ce que tu deviens ? avait-elle demandé à Huguette pour faire dévier le sujet.

140

— Toujours mariée et bien mariée avec Paul. Tu sais comment j'aime les enfants. Paul aussi. Nous voulons en avoir au moins quatre. On s'en approche. J'aimerais quand même avoir une fille un jour.

— Trois garçons ?

— Eh oui ! On ne peut pas tout avoir, hein ! À l'école, les élèves commencent à être un peu tannés de me voir repartir enceinte chaque année. C'est que je les aime ces petits et ils m'aiment aussi, même s'ils ne sont pas toujours commodes. C'est important de les aimer. »

Puis Huguette avait sursauté, comme si elle se rappelait quelque chose d'important. Elle avait ajouté :

« Ah oui, au fait ! En parlant de les aimer, tu as connu toi le petit Xavier Gagné ? »

Catherine avait senti son visage se vider de son sang. Elle avait regardé fixement la pancarte au mur où il était écrit : « soyez polis envers le personnel ». Huguette avait interprété son attitude comme quelqu'un cherchant à se rappeler quelque chose :

« Mais oui, Xavier ! Il était dans ta classe la dernière année avant que tu partes. Tu sais, il était si joli garçon. Des cheveux châtains très soyeux, de beaux yeux bleus un peu tristes, tu sais de qui je veux parler ? »

Catherine était toujours tétanisée par les paroles d'Huguette. Xavier, son Xavier ! Comment aurait-elle pu l'oublier ? Il était encore la source de toutes ses attentions, de toutes ses souffrances. Huguette tentait toujours de lui faire se rappeler le jeune garçon.

« Tu sais, c'est ce jeune expulsé de l'école parce qu'il avait triché à ses examens de fin d'année. Il n'est jamais revenu pour sa deuxième année.

— Oui, je me souviens maintenant, avait-elle dit dans un souffle.

— Ces gamins ! On fait tout pour les aider, pour leur montrer le droit chemin, mais il y en a qui portent en eux de mauvaises graines. Il n'est pas étonnant de les voir finir comme ça. »

Catherine avait cru que son crâne allait exploser lorsqu'elle avait entendu « finir comme ça ». Sa vue s'était brouillée pour un court moment. Elle avait un peu chancelé sur son siège, mais était restée de marbre. Dieu qu'elle détestait cette faculté de garder le contrôle sur elle-même.

— Que lui est-il arrivé ? avait-elle demandé.

— Une chose terrible pour les parents, pour sa mère en ce qui le concerne, car il n'avait pas de père. Tu le savais ?

— Oui.

— En tout cas, ça s'est passé l'hiver dernier, pendant les Fêtes. Sa mère était partie à la messe de minuit. »

Huguette avait baissé le ton et s'était approchée de son oreille, voulant de toute évidence cacher au petit Bruno ce qu'elle s'apprêtait à dire.

« En revenant, elle l'a trouvé pendu dans sa chambre. Pendu ! Tu te rends compte. La veille de Noël. Et même pas une lettre d'adieu. Rien. Comme sa mère a dû souffrir. Je n'ose même pas imaginer sa... »

142

Catherine avait bondi de son siège pâle comme un cadavre, à la surprise d'Huguette qui avait ajouté :

— Ça ne va pas, toi ?

— Non, non, excuse-moi. J'ai dû manger quelque chose ce matin ».

Catherine avait couru vers les W.C., s'était enfermée dans l'un des espaces exigus, effondrée sur le siège de toilette et prise la tête entre les mains. Ravagée par l'angoisse, elle avait toutes les peines du monde à ralentir son cœur de battre. Son souffle rapide la faisait hyper ventiler. Elle gémissait doucement comme un petit chien qui a mal.

C'est précisément à ce moment-là qu'elle avait compris. Elle avait tout compris à ce moment-là : Pourquoi son *tuurnqaq* lui était apparu en janvier dernier ; pourquoi son passé la traquait de cette façon ; pourquoi elle s'effondrait sans retour possible depuis ce temps. Après quatre années d'isolement au Nord, n'aurait-elle pas dû oublier ? Il lui restait en effet des réminiscences, quelques images fugaces. Il lui restait la douleur des remords. Elle venait à peine de commencer à se penser capable de revoir Xavier, capable de lui parler de ses regrets, comment il était toujours possible de recoller les morceaux, comment la réconciliation était encore une option. Catherine aurait voulu lui quémander son pardon.

Maintenant il était mort de la plus atroce façon sans qu'elle puise lui dire adieu.

« Qu'as-tu fait, Xavier ? Mon Dieu, qu'as-tu fait ? », avait-elle chuchoté. Le fond de tristesse et de mélancolie en lui avait pris le dessus. Se souvenait-il encore d'elle ? Pourquoi avait-il fait cela ? « Et si j'avais causé sa mort ? » Il pouvait être mort à cause de ce qu'elle lui avait fait ? Pourtant, c'était impossible. Il ne pouvait pas l'avoir su. C'était impossible.

Pourquoi l'avoir ainsi abandonné ? Elle savait pourtant qu'il ne le supporterait probablement pas. Il était si fragile. Si fragile. Si beau et si fragile. Dieu qu'elle avait été lâche ; elle payait maintenant le prix fort de sa couardise. La « gentille » Catherine était un monstre.

Voilà pourquoi elle avait voulu se perdre dans la steppe afin de chercher son *Tuurnqaq* comme lui avait indiqué Tulimaaq. Son *Tuurnqaq* lui fournirait les réponses dont elle avait besoin. Son *Tuurnqaq* était l'esprit de Xavier venu la hanter. Le grand corbeau agressif, c'était lui. Le géant habillé tout en noir, si effrayant, c'était lui.

« Xavier mon amour. Viens, viens. » Catherine avait commencé à flatter tout doucement le corps nu près d'elle. Sa main glissait sur la peau rêche au drôle de parfum d'huile et de poisson. L'exaltation d'autrefois lui revenait, cette exaltation si difficile à contenir. Elle glissait sa main sur les bras de Xavier, sur sa poitrine, sur ses cuisses. Elle touchait son sexe flasque et mou.

« Qataq ! Qataq ! Réveille-toi, Qataq ! »

Chapitre 7

« Qataq ! Qataq ! Réveille-toi, Qataq ! »

La voix de Tulimaaq venait d'atteindre le cerveau de Catherine qui sortait enfin de son inconscience. Enfin. Elle avait ouvert les yeux, encore tout envahie par ses sensations érotiques en présence de celui qu'elle croyait être Xavier. Ce visage n'était pas celui du jeune garçon, mais bien celui d'un vieillard, tout ridé, buriné, avec de petits yeux marron bridés.

Dans un sursaut d'affolement, elle s'était aussitôt relevée et recroquevillée vers le mur, le dos à la paroi de l'igloo. Ce faisant, elle avait entraîné la peau d'ours en découvrant le corps nu de Tulimaaq. Soulevant la couverture à son tour, elle avait jeté un œil à son propre corps, également nu comme un ver. Alors un cri est sorti de sa bouche.

« Qu'est-ce que c'est ? Qu'est-ce que je fais ici ? Où est-ce que je suis ? »

Tulimaaq avait voulu s'approcher doucement, mais le visage de Catherine était trop pétri d'horreur. Il avait reculé. Puis, se levant lentement de la plate-forme, il avait enfilé ses *kamiks* tout en restant nu. Catherine lui avait dit en Inuktitut.

« Qu'est-ce que je fais ici, Tulimaaq ?

— C'est chez moi. C'est mon igloo d'hiver.

— Je vois bien que c'est un igloo. Mais qu'est-ce que je fais ici ?

« — Tu étais morte, Qataq. Tu étais morte. J'ai envoyé deux *Tuurnqait* à la recherche de ton âme. Je leur ai confié la mission de te la ramener. Ils ont trouvé ton âme qui errait dans la toundra et ils l'ont ramenée. Sedna a bien voulu garder ton âme chez les vivants... pour le moment. »

Catherine connaissait bien l'histoire de Sedna, cette femme perdue au fond de la mer après avoir été trahie par son père. Elle en avait même rêvé. Les souvenirs lui revenaient de façon sporadique : l'*Inukshuk* qui représentait la fin de son voyage initiatique ; son *Tuurnqaq*, cet esprit qui la hantait depuis ce fameux mois de janvier de la même année où il s'était attaqué à elle sous la forme d'un corbeau ; sa souffrance intenable. Son supplice devait cesser. Tout cela devait se terminer ici. Si son *Tuurnqaq* ne venait pas, elle était prête à mourir.

Et il était venu. Mais ce n'était pas son *Tuurnqaq*, c'était Tulimaaq.

« C'est toi qui m'as retrouvée ? Comment as-tu fait ?

— J'ai appelé mon *Tuurnqaq* voyageur.

— Ah oui ! Je vois. Je vois. »

Catherine en connaissait beaucoup sur les capacités de Tulimaaq, le plus important *angakkoq* de sa génération. Elle avait entendu tellement d'histoire à son propos. Lui-même, loin d'être un vantard pourtant, lui avait parlé de certains de ses exploits. Néanmoins, il lui disait le strict nécessaire, comme à un bébé à qui l'on donne du petit lait pour le rassasier sans le faire vomir. Depuis tout ce temps au Nord, elle avait cessé de rationaliser à propos de ces histoires après avoir appris à se laisser aller à la poésie de cette culture si riche en enseignement.

Pendant qu'elle essayait toujours de comprendre le sens des derniers événements, toute ramassée dans sa peau d'ours, Tulimaaq s'activait. Il avait retiré du plancher la grande peau de phoque servant de recouvrement. C'était en fait une peau de morse, car elle était très grande. Il avait commencé à l'accrocher de manière fort ingénieuse à la corde en tendon attachée entre les parois au fond de l'igloo. Cette corde faisait vaguement penser aux cordes à linge dans le Sud.

Quand il eut terminé de tendre la peau, celle-ci cachait tout un pan de l'igloo, de sorte que l'on ne pouvait plus voir derrière. Tulimaaq avait dès lors saisi une longue corde en *ivalu*, ces tendons de caribou qui avaient toutes sortes d'utilités une fois tressés. Celle-ci était très solide, tressée à l'aide de six brins. Elle servait à la pêche aux gros animaux marins. Tulimaaq avait saisi l'un des bouts de la corde et se l'était solidement attaché autour de la taille. Il avait ensuite enroulé consciencieusement le reste du long cordage afin qu'il puisse plus facilement le transporter. Puis il avait enfilé ses moufles de peau de caribou.

« Qu'est-ce que tu fais ? »

Tulimaaq ne répondait pas en continuant ses activités avec des gestes précis. Tout en le regardant vaquer à ses activités, Catherine avait réfléchi à son manège, fouillant dans sa mémoire pour tenter de trouver la réponse. Puis, la lumière lui était arrivée en un éclair. La peau tendue dans l'igloo, la solide corde attachée au torse de Tulimaaq lui avait dit vaguement quelque chose. Mais là, elle se rappelait clairement cette histoire sur le voyage des chamans vers le repaire de Sedna. Les chamans ne faisaient pas souvent ce voyage, car il était très exigeant pour eux. Ils souffraient beaucoup à chaque fois et devaient se reposer pendant des jours ensuite pour tenter de récupérer leur santé languissante. Il leur arrivait même d'en mourir.

« Qu'est-ce que tu fais, Tulimaaq. Non, ne fais pas ça, ne fais pas ça. Ça te tuera.

— Il le faut Qataq. Il le faut. Je dois faire le *nakkainiq*.

— Mais pourquoi ?

— Il faut découvrir l'origine de la transgression. »

Dans la croyance des Inuits, s'il se passe des malheurs dans la communauté, si par exemple le temps est si peu propice à la pêche au risque de provoquer la famine, il faut trouver la ou les personnes dans la tribu n'ayant pas avoué une transgression des interdits. Ces tabous se devaient d'être respectés.

Pour les Inuits, le plus important n'était pas tellement de les transgresser. Bien sûr, il y avait des punitions ou des restrictions à leur suite. Celui qui avait transgressé un interdit devait payer. Mais lorsque les choses se faisaient dans l'ordre, la vie de la communauté pouvait reprendre, suivre son cours dans l'harmonie. Non ! Le plus important n'était pas la transgression elle-même, mais le refus de l'avouer. Une transgression inavouée, gardée secrète était pire pour la communauté. Elle l'affectait tout entière et la vie en était gravement perturbée. Il fallait une intervention exceptionnelle du chaman pour faire cesser la malédiction. Il devait faire le *nakkainiq*, la « plongée vers les profondeurs de la mer ».

Catherine venait de comprendre. Elle avait entendu plus d'une fois ce récit de la plongée du chaman vers la demeure de Sedna. Cela se passait souvent dans une maison où une personne était malade. Toute la communauté se réunissait pour assister au voyage, « assister » était un bien grand mot, car personne ne savait vraiment comment les choses se passaient derrière le rideau. Certains affirmaient que seulement l'âme du chaman faisait le voyage.

D'autres déclaraient avec force que le chaman lui-même, dans sa chair, « avec ses os », coulait dans le monde d'en bas.

Une chose était certaine, le voyage n'était pas de tout repos. Le chaman pouvait ne pas en revenir. Parfois les grands-parents devaient se faufiler derrière le rideau pour tirer sur le bout de la corde restée à la surface afin de tenter de ramener le chaman ne pouvant remonter seul.

Tulimaaq s'apprêtait à faire ce voyage dangereux.

« Ne fais pas cela. Ne fais pas cela pour moi.

— Ce n'est pas pour toi seulement, Qataq. Une malédiction qui circule sur la terre, quelle que soit cette malédiction, affecte toute la terre si elle n'est pas guérie. Il faut te guérir Qataq. Et pour cela, je dois partir. »

Sans plus attendre, Tulimaaq s'était engouffré derrière le rideau, disparaissant complètement à sa vue. Elle était restée figée sur place dans la même position fœtale, couverte entièrement par la peau d'ours à regarder fixement le rideau tendu au fond de l'igloo.

Pendant un temps, on n'avait rien entendu. La lampe à l'huile éclairant l'igloo avait commencé à faiblir jusqu'au point où le seul éclairage provenait de l'extérieur, très faible, par transparence. Il faisait sombre. On entendait Tulimaaq respirer. Il était là, derrière le rideau, et respirait lentement et profondément. Ensuite, il avait parlé d'une voix étrange. Il murmurait une série de noms censés être ceux de ses *Tuurnqait*. Puis il avait élevé la voix en disant : « La voie est prête pour moi ; la voie s'ouvre devant moi ». Mais il n'arrivait encore rien. Tout se passait comme si Tulimaaq luttait terriblement. Il avait répété une dernière fois avec une voix marquée par l'effort : « La voie est prête pour moi ; la voie s'ouvre devant moi ». Puis, plus rien. Catherine en savait assez sur le *nakkainiq* pour comprendre : Tulimaaq était en route.

À ce moment précis, la lampe à l'huile s'était éteinte, comme si l'on avait soufflé dessus, en jetant l'igloo dans la pénombre. Des murmures et des soupirs ont monté d'on ne sait où. Il y avait aussi des respirations. Catherine avait appelé doucement : « Évelyne. Évelyne. C'est toi ? Tu es venue aider Tulimaaq ? C'est toi ? » Les murmures et les soupirs avaient cessé à la mention du nom d'Évelyne. Puis, ils avaient recommencé un peu plus tard. Elle avait de nouveau appelé doucement : « Papa, papa. Viens aider Tulimaaq ! » Et les murmures et les soupirs avaient de nouveau cessé à l'appel de son père. Ces murmures résonnaient comme si les âmes des défunts se trouvaient sous l'eau, dans la mer, proches des animaux marins.

Catherine avait commencé à se balancer timidement tout en restant dans sa position, les bras retenant ses genoux sur la poitrine sous la peau d'ours, la tête appuyée sur les genoux. Elle fredonnait :

> *Ma mère chantait toujours, lalala*
> *Une vieille chanson d'amour*
> *Que je te chante à mon tour*
> *Ma fille tu grandiras*
> *Et puis tu t'en iras*
> *Mais un beau jour*
> *Tu la chanteras à ton tour*
> *En souvenir de moi*
> *En souvenir de moi*

***

Catherine attendait depuis longtemps sans bouger, adossée au mur de l'igloo. Son dos refroidissait. Elle avait finalement consenti à se déplacer pour arranger la peau d'ours de façon à recouvrir l'arrière de son corps, sans se rhabiller toutefois. Elle avait besoin d'être nue, nue devant son passé, nue devant son avenir.

Puis des bruits se sont fait entendre derrière le rideau. Des « plou-plou » comme le font certaines créatures de la mer lorsqu'elles crient depuis les profondeurs lorsqu'elles veulent prendre une respiration sous la pression de leurs puissants poumons. Puis de nouveau le silence.

À un moment, le rideau avait bougé. Il se passait quelque chose derrière. L'une des jambes de Tulimaaq, la droite, est sortie de son voile opaque. Ce fut ensuite son genou gauche. Le chaman émergeait du rideau en avançant comme un pénitent qui s'achemine vers l'autel, un seul genou par terre. Finalement, il s'était relevé. Son allure était effrayante. Il était dans un état pitoyable, comme s'il avait vieilli de dix ans, lui qui paraissait déjà trop vieux pour son âge. Son corps nu était tout ruisselant. Était-ce de l'eau de mer ou de la sueur ? Il aurait été très difficile d'affirmer quoi que ce soit à ce sujet.

Tulimaaq s'était avancé dans la partie opposée où Catherine se tenait. Il avait enlevé ses *kamiks* et ses moufles, puis enfilé son pantalon avec de grands efforts. Il l'avait bien attaché avec sa ceinture de corde. Il avait ensuite remis ses *kamiks*, mais pas ses moufles, tout en restant torse nu. Il s'était par la suite assis adossé sur le mur de l'igloo, croisé les jambes et mis en posture de suppliant, la tête baissée.

Catherine attendait. Le chaman respirait lourdement, la poitrine oppressée par ce qu'il venait de vivre. Au bout d'un moment, il avait commencé à parler :

« J'ai quelque chose à dire. »

Il s'était tu encore pendant un moment, cherchant à ramasser ses énergies.

« J'ai plongé jusqu'au fond de la mer. J'ai vu la maison de Sedna. Elle était immense, construite toute en blocs de glace, mais ce n'était pas de la glace. On pouvait voir à travers. Elle était éclairée de l'intérieur. »

Tulimaaq s'était arrêté de parler. Catherine n'osait souffler mot, respirant à peine, suspendue aux lèvres de ce vieil homme qui lui avait sauvé la vie. Elle était arrivée au bout de son voyage, arrivée au point de non-retour. Y avait-il encore de l'espoir pour elle ? En cet instant précis, il était impossible de le dire. Elle attendait. Il lui fallait écouter le récit du chaman.

« J'ai quelque chose à dire.

Dans le passage qui mène à la maison, il y avait un chien, le chien de Sedna, celui avec lequel elle avait déjà été mariée. Il était couché de travers à l'entrée, prenant toute la place. Le chien mâchouillait un gros os. C'était une partie de quelqu'un de malade, quelqu'un qui avait transgressé un tabou.

C'était un morceau de toi, Qataq ».

Catherine, subjuguée par le récit de Tulimaaq, avait tressailli. Il savait. Le diable d'homme savait à propos d'elle, à propos de ses vilenies. Il savait qui elle était vraiment. Il le savait. À ce moment-là, sa tête était venue lentement reposer sur ses genoux, la face de côté, le regard dans le vide.

« J'ai quelque chose à dire.

Sedna est aussi vieille que le temps. Elle était couchée sur un lit répugnant. Il y avait autour d'elle tout plein d'animaux marins : des phoques annelés, des morses, des bélugas. Ils semblaient la servir et être à ses ordres. Il y avait aussi d'autres êtres qui souffraient, des êtres ayant enfreint les tabous. Cela rendait le lieu encore plus terrifiant. Sedna a des cheveux très longs formés en tresse lorsqu'ils sont propres. Mais au fur et à mesure, les mauvaises actions et les offenses commises par les hommes s'y collent. Alors, ils deviennent hideux. Des serviteurs doivent la peigner constamment pour les nettoyer. Sedna ne peut pas le faire, car elle n'a pas de doigts.

Je me suis avancé vers Sedna qui était dos à moi, je l'ai saisie pas les épaules et lui ai tourné le visage vers la lumière. Je lui ai caressé les cheveux. Elle était très en colère avant, mais elle est devenue plus calme lorsque j'ai lissé sa coiffure. Lorsque sa colère était apaisée, j'ai pu lui parler. »

Le chaman était toujours en position de suppliant, la tête baissée. Catherine l'écoutait religieusement, fascinée par ce récit qui résonnait étrangement dans son âme. Elle était subjuguée par cette « déesse de la mer », à la fois mère protectrice et monstre marin qui laissait son chien dévorer ses victimes. Colérique, Sedna pouvait aussi être douce et capable de pardonner malgré le mal subi par les innombrables transgressions. Sedna était à la fois la déesse de la mort en mesure d'affamer une population entière, et aussi la déesse de la vie offrant son salut pour autant qu'on lui montre du respect.

« J'ai quelque chose à dire, disait Tulimaaq.

Lorsque Sedna s'est calmée après que je lui aie lissé les cheveux, je lui ai demandé la nature du mal qui te rongeait. Alors Sedna s'est mise à produire des sons comme des craquements avant de répondre, en parlant très lentement, avec beaucoup de difficultés, un langage inconnu des gens ordinaires. Je suis le seul à pouvoir comprendre sa signification, parce que je peux comprendre tous les langages, quelle que soit leur forme.

J'ai quelque chose à dire.

Ton âme se trouve là-bas, Qataq, et le chien de Sedna est en train de la mâcher. Moi, je suis incapable de la lui reprendre. J'aurais aimé le faire et remonter avec elle, mais je n'ai pas ce pouvoir. Le seul à être capable d'arracher son os à ce chien malveillant, c'est Sedna. Mais elle ne le fera pas à moins que tu te confesses. Alors ton âme sera libérée par Sedna et elle te guérira. Sinon, son chien la mâchera jusqu'au bout, jusqu'à ce qu'il ne reste plus rien. Si tu parles, Sedna reprendra ton âme au chien et la relâchera, mais seulement une fois avoir révélé tes secrets au grand jour. »

Tulimaaq s'était enfin arrêté de parler, harassé par tant d'effort, épuisé par tant de mots. Il avait relevé lentement la tête et l'avait regardée. Celle-ci était toujours dans la position de petite fille rêveuse adoptée précédemment. Mais elle ne rêvait pas. Elle était plutôt tétanisée par le récit du chaman, surtout par sa finale. Celui-ci avait ajouté la formule sacrée :

« Il est temps que les mots surgissent, Qataq. Les mots doivent surgir. »

Catherine gardait toujours le silence tout en se balançant lentement comme elle l'avait fait en attendant le vieil homme. Sa tête, relevée maintenant, oscillait de droite à gauche dans un mouvement clair de déni. Non, elle ne voulait pas. Non ! Non !

« Qui est Xavier ? avait dit Tulimaaq doucement.

— Comment… ? Comment tu… ?

— C'est ce nom que tu m'as donné lorsque je t'ai secourue au pied de l'*Inukshuk*. Tu m'as appelé Xavier. »

Elle ne se souvenait pas de lui avoir donné le nom de Xavier. Une chose était certaine : il fallait parler maintenant. Il le fallait. Sinon, il serait trop tard. Sedna ne pourrait plus la sauver et son âme serait dévorée par son chien méchant.

« Xavier est arrivé dans ma vie alors que j'étais perdue et que je ne le savais pas encore »

Catherine s'était de nouveau adossée au mur de l'igloo. Elle était prête maintenant. Oui, prête ! Il surgissait du fond de son âme une force de vie jusqu'alors mésestimée. Il fut un temps où, croyait-elle, seule comptait la puissance de l'esprit. Le corps n'était qu'une entité secondaire au service de l'âme. Dans ses prières — parce qu'elle avait longtemps prié —, elle demandait au Seigneur le courage de supporter la souffrance comme Lui, car Lui l'avait fait sur la croix. Elle se sentait inutile et impuissante devant le beau projet de son Dieu, priant pour une conversion « à la saint Paul » tombé de son cheval après avoir reconnu le visage du Christ. Elle avait tant désiré s'oublier elle-même pour Lui.

Catherine avait voulu concrétiser cet abandon de soi en devenant enseignante afin de se donner aux autres au lieu de se livrer directement à Dieu. Après tout, les Ursulines ne répétaient-elles pas à satiété que chaque personne était le visage du Christ ? Une enseignante consacrait sa vie aux autres, les aidait à s'épanouir. Elle s'oublierait elle-même pour les enfants.

Mais on ne peut pas s'oublier soi-même. C'est impossible. Son corps le lui avait rappelé brutalement. Catherine était une femme. Une femme normalement constituée, plus belle qu'elle ne le croyait. Elle se trouvait trop grande, trop mince, ses seins trop petits, ses cheveux trop raides, ses yeux trop ternes. De toute façon, cela ne la préoccupait guère. Du moins, elle l'avait cru longtemps. Seul l'esprit comptait.

Elle avait eu tort.

« Xavier était un garçon magnifique. Tu aurais dû le voir. De beaux cheveux châtains ondulés et soyeux, des yeux très bleus, des épaules carrés d'un homme… mais ce n'était pas un homme.

— Que veux-tu dire ?

— Ce n'était pas un homme. C'était un gamin. Un enfant. Tu comprends, c'était un enfant et je l'ai aimé passionnément, comme on devrait aimer seulement un homme. »

Tulimaaq gardait le silence en attente de la suite. Catherine avait scruté ses réactions pour voir comment ses confidences pouvaient résonner en lui. Mais c'était un Sphinx. Ce diable d'homme avait sans doute déjà tout entendu dans sa vie.

***

Catherine était toujours appuyée sur la paroi de l'igloo, la peau d'ours l'entourant jusque par-dessus les épaules. Seule sa tête ressortait. Tulimaaq, lui, était encore assis, les jambes croisées, adossé sur la paroi opposée. Il n'avait pas bougé depuis le début des confidences. Il la regardait, de ses yeux énigmatiques de vieux chaman.

Après un long moment, il s'était penché vers sa gauche et avait saisi le tambourin sacré posé tout près de lui. Il l'avait regardé en le tenant des deux mains, longuement, en marmonnant quelque chose d'inaudible. Puis, il avait commencé à frapper dessus d'un rythme régulier avec sa main noueuse. La peau de phoque du tambour produisait une musique sourde s'apparentant à de la basse fréquence. Le son envahissant se répercutait dans l'igloo avec un certain écho : boom-boom, boom-boom, boom-boom…

Tulimaaq lui avait une nouvelle fois posé la question.

« Qui est Xavier ?

— Xavier ? Ce n'est plus personne. Il est mort. Je l'ai tué ».

Pendant qu'elle disait cela, Catherine avait ouvert la peau d'ours, s'était levé lentement, découvrant entièrement sa nudité à Tulimaaq. Elle avait descendu de la plate-forme où elle était confinée depuis le début.

Le « boom-boom » semblait avoir un effet étrange sur elle. Elle ne regardait plus Tulimaaq, mais quelque chose d'autre. Son regard était devenu fixe. Alors, elle s'était lancé dans une série d'amples mouvements lents en se déhanchant parfois exagérément, les bras tendus et la tête baissée, au rythme du tambourin sacré. Elle continuait à parler tout en dansant.

« Tu connais Margie Gillis, Tulimaaq… Non bien sûr. Tu ne peux pas tout savoir… C'est une danseuse du Sud… Elle est belle, grande, les cheveux très très longs… Elle danse toute seule sur scène avec ces mouvements-là… Tu vois… »

Des mouvements étranges continuaient à animer son corps qui se déplaçait autour de l'igloo. Puis soudain, Catherine avait ajouté d'une voix forte :

« J'ai tué Xavier avec ce corps. »

Maintenant, elle courait en longues enjambées, légère, sur la neige du sol, tournant sur elle-même, un bras dans les airs tout en écoutant une mélodie imaginaire. Puis, le rythme des mouvements avait ralenti jusqu'à l'arrêt complet. Même si le tambourin continuait toujours à résonner, Catherine restait sur place, les pieds ancrés au sol, les yeux fermés, toujours à l'écoute de la musique. Le haut de son corps ondulait comme s'il flottait entre deux eaux.

« Son âme a été rongée par le mauvais chien de Sedna. Il s'est pendu dans sa chambre l'hiver dernier. Il ne croyait plus en sa destinée. Il ne croyait plus en lui. Il était perdu. Et je n'ai pas été là pour lui.

— Tu penses que tu es pour quelque chose dans sa mort ?

— Oui… je le pense… Non… je ne sais pas. Je ne sais pas… Je l'ai laissé tomber. Ça, je le sais. »

Catherine se taisait tout en continuant ses mouvements et en écoutant les yeux fermés la musique rythmée par le tambourin. Le chaman avait alors énoncé la parole sacrée.

« Il est temps que les mots surgissent, Qataq. Les mots doivent surgir. »

Tout en continuant son mouvement ondulatoire, elle avait parlé sur un registre plus grave.

« J'aimais ce garçon comme cela ne m'est jamais arrivé. Tu te rends compte. Mais je ne l'aimais pas de la bonne façon. L'amour, c'est quand tu veux tout donner. Lui, je voulais tout lui prendre : sa jeunesse, son innocence, sa fragilité… son corps. Tout ! »

Pendant qu'elle disait ces derniers mots, ses mains caressaient son corps tout en ondoyant, comme si quelqu'un d'autre la flattait.

« Un enfant de douze ans. Tu te rends compte ? » avait-elle ajouté. Puis après avoir cessé ses attouchements, mais pas ses ondulations, elle avait dit.

« Quand je n'étais pas avec lui, j'imaginais toutes sortes de choses. Il m'avouerait son amour aussi fort que le mien… Il voudrait vivre avec moi pour toujours… Nous nous enfuirions au loin… loin. Nous irions vivre dans un pays de rêve, sur la plage, nus, là où il fait toujours chaud, où personne ne nous poserait de questions… Il vivrait sous mon toit… il coucherait dans mon lit... Et nous serions heureux pour toujours.

Dieu que j'étais folle, complètement dérangée ! »

Catherine s'était tu encore. Elle avait cessé de bouger et restait maintenant stationnaire, les bras croisés sur sa poitrine.

« Dérangée ? Pourquoi dis-tu cela ? » avait demandé Tulimaaq.

« Voyons ! Tu te rends compte. J'avais vingt-cinq ans, il en avait douze. C'était un mineur à peine pubère. J'étais une pédophile ! Une garce de pédophile ! J'étais dérangée. J'étais malade d'amour pour un enfant. »

Elle avait recommencé à danser tout doucement en faisant des pas étranges.

« Mes yeux fondent en pleurs et mon regard ne voit que honte, où qu'il se tourne. »

Ses deux jambes étaient écartées comme une grenouille, les bras bizarrement positionnés à la manière des figures égyptiennes.

« Il est temps que les mots surgissent, Qataq. Les mots doivent surgir.

— Je suis lâche. Je suis une dégonflée. Je n'osais pas montrer mon amour... J'entendais dans ma tête résonner les commentaires... »

Changeant de ton, elle venait d'adopter une voix grêle et chevrotante en faisant une grimace d'obséquieuse, comme lorsqu'une bigote jette son fiel.

« Notre bonne, notre gentille, notre sainte Catherine est une pédophile, une sale pédophile. »

Et c'était reparti pour un tour en des gestes de plus en plus désordonnés.

« Tu vois comment Margie danse bien... Regarde... »

Catherine s'était élancée en tournoyant dans une course au ralenti qui se terminait par une chute planifiée où elle s'était retrouvée couchée à même le sol, sur le côté, essoufflée par tant de mouvements, le visage tourné vers Tulimaaq qui lui répétait les mêmes paroles sacrées.

« Il est temps que les mots surgissent, Qataq. Les mots doivent surgir.

— Je ne pouvais pas m'empêcher de l'aimer. Je n'étais plus moi-même, comme si un autre, un inconnu, était resté caché tout ce temps au fond de moi. »

Elle flattait maintenant le sol avec un drôle d'air en déclamant dans une voix douce et chantante.

« C'était Satan… il avait pris possession de moi... il me faisait faire des choses… des choses… »

Puis, cessant son mouvement de bras, elle avait appuyé l'une de ses joues brûlantes sur la mince couche de neige et ajouté :

« Bien sûr, cela aurait été plus facile… Trop facile… Satan serait arrivé avec sa longue queue fourchue. J'aurais résisté un temps. Puis je me serais livrée à lui. Puis, je l'aurais de nouveau repoussé avec des prières. Cela aurait été plus simple, plus facile. »

Elle soufflait maintenant doucement sur le sol dans le but de faire relever un peu de neige. Le tambourin sacré résonnait à un rythme soutenu, toujours le même, dans les mains d'un Tulimaaq impassible. Après un moment de silence, elle avait poursuivi :

« J'aurais pu me battre contre Satan. Je me serais trouvé des excuses : ce n'est pas moi, c'est lui. Mais ce n'était pas Satan… C'était moi… C'était bien moi… Catherine, la gentille Catherine… la méchante Catherine. »

Soudain, son corps avait commencé à se tordre sur le sol, roulant sur lui-même en faisant adhérer la mince couche de neige sur la peau blanche devenu rosée par le froid et le frottement. Puis

Catherine s'était mise à plat ventre, avait relevé le tronc, rejeté la tête par l'arrière jusqu'à se tordre le cou en s'appuyant sur les coudes.

« Il est temps que les mots surgissent, Qataq. Les mots doivent surgir. »

Elle avait laissé retomber son tronc au sol sur ses bras croisés, puis repris sa voix grave, une voix qui semblait venir de très loin, comme lorsque le son résonne dans une caverne.

« Cet été-là, il avait fait très chaud au camp de vacances. Mon beau Xavier était là. Je voulais le voir tous les jours, être près de lui tous les jours... J'étais folle, je perdais la tête... J'étais envahie par des rêves, des fantasmes, même la nuit... surtout la nuit. »

Son regard était perdu dans le vague, le visage maintenant crispé, comme si une douleur intolérable montait en elle.

« Un jour, je faisais une promenade dans la forêt. Le soleil brillait... les oiseaux chantaient... la chaleur était étouffante... Je rêvassais encore à mon amour lorsque je suis arrivé au vieux refuge... J'ai voulu y entrer pour me rafraîchir un peu... et là... et là... en ouvrant la porte... »

Catherine s'était relevée d'un coup et avait recommencé à tournoyer en allongeant le pas, à danser la valse avec un partenaire imaginaire. Elle n'arrêtait pas de danser. Elle dansait, dansait, jusqu'à ce que le vieux chaman lui dise.

« Il est temps que les mots surgissent, Qataq. Les mots doivent surgir. »

Elle s'était arrêtée nette, le visage fermé, les bras ballants comme s'ils pesaient une tonne.

« Là, j'ai vu… je l'ai vu… Xavier… mon Xavier… il était couché à même le sol, à moitié dévêtu, une fille assise près de lui à peine plus vieille que lui… Elle se tenait là en soutien-gorge, son T-shirt à côté d'elle. »

Catherine avait levé la tête au ciel, les yeux à moitié révulsés :

« AAAHHH ! La rage… la rage… Je voulais la tuer, cette petite putain. Je l'ai traînée dehors à moitié nue en lui criant je ne sais quoi ! »

Catherine avait posé les mêmes gestes qu'à cet instant fatal, comme si la jeune fille était encore entre ses mains. Elle avait pris le bras imaginaire et l'avait lancé violemment de côté. Ses yeux jetaient maintenant du feu.

« Mais le regard de Xavier m'a tué. Bien sûr, il y avait de la crainte… Mais ce n'était pas ça le plus choquant… Non… ce n'était pas ça… il… il… se moquait de moi… le sale petit morveux se moquait de moi… Il se moquait de mon amour pour lui… il… il… »

Elle n'avait plus de mots et suffoquait maintenant, tentant désespérément de reprendre son souffle.

« En plus d'être trahie, j'étais humiliée… Par un gamin de douze ans… C'était insupportable. Puis, la jalousie a suivi. Instantanément… Il ne pouvait pas me faire ça… moi qui l'adorais… Il était à moi… seulement à moi. Tu comprends, Tulimaaq… il était à moi ! »

Catherine avait presque crié ces derniers mots en se frappant la poitrine. Le chaman continuait à taper régulièrement sur le tambourin sans montrer le moindre signe d'émotion.

« Et s'il ne pouvait pas être à moi... il ne serait à personne d'autre... »

Catherine s'était remise à onduler sur place en faisait de grands gestes avec les bras. Ses pieds ne bougeaient pas. Son corps était animé de l'intérieur par une musique céleste ou infernale, elle-même n'aurait pas pu le dire. Le vieux chaman avait répété sa rengaine :

« Il est temps que les mots surgissent, Qataq. Les mots doivent surgir.

— La jalousie... la jalousie, ça nous détruit de l'intérieur, ça fait de nous des monstres. C'est ce qu'elle a fait de moi... Xavier devait s'éloigner, il devait partir loin, le plus loin possible. Il devait partir, sinon tout s'effondrerait, sinon la Catherine d'autrefois serait perdue à jamais. Je deviendrais folle. Je SUIS folle ! Je suis la folle du parc Belmont ! Lalala... »

Catherine s'était remise à virevolter comme une démente cette fois, la tête lui roulait dans tous les sens, les bras partaient dans toutes les directions, les pieds faisaient des pas impossibles. Catherine avait terminé cette danse des fous en s'allongeant par terre de tout son long tout près des pieds de Tukimaaq qui, lui, restait imperturbable.

« Il est temps que les mots surgissent, Qataq. Les mots doivent surgir. »

Elle, étendue sur le ventre, une jambe repliée et l'autre allongée, la joue appuyée au sol avait dit dans un souffle.

« Oui, oui, j'étais verte de jalousie. Et j'ai fait des choses... quelque chose... de... »

Reprenant sa voix grave d'outre-tombe, elle avait dit.

« Je suis allé voir le directeur... Il m'aimait bien, le directeur... il avait confiance en moi, le directeur... l'imbécile de directeur. Je lui ai dit que j'avais une chose grave à lui avouer. Il devait me promettre de ne jamais le répéter à personne... mon imbécile de directeur me l'a promis ! J'ai fait semblant que j'avais beaucoup de peine et que c'était pour moi très dur de faire cet aveu. Quelle actrice je faisais ! Mon meilleur rôle à vie ! »

Catherine changeait encore de voix, prenant cette fois le registre de voix sirupeuse d'un mâle qui cherche à amadouer un enfant chétif.

« Ma pôvre Catherine, je vois que quelque chose vous pèse. Vous savez que vous pouvez me faire confiance. Vous pouvez tout me dire.

Ah l'imbécile ! »

Catherine était toujours étendue dans la même position. Elle respirait à toute allure, sa poitrine se soulevant à un rythme accéléré.

« Je lui ai dit comment j'aimais mes élèves et que je ne leur voulais que du bien.... Mais il y en avait un, Xavier Gagné, qui était sorti du droit chemin et je ne savais pas comment y arriver avec lui... Il y avait des irrégularités dans ses examens... Xavier était un tricheur… un vrai tricheur… J'en avais la preuve… Pire, il était irrécupérable… le directeur, il a tout gobé. L'imbécile ! Tout. J'ai fait semblant de défendre Xavier, de lui trouver des excuses… mais je savais que le directeur le mettrait à la porte.

Il m'a répondu, l'imbécile, que l'honneur de l'école était en jeu. Elle devait comprendre : il n'avait pas le choix… et bla-bla-bla…

Je n'ai plus jamais revu Xavier. Je suis partie aussi à la rentrée des classes, incapable de supporter l'horreur de mon geste… je me suis enfuie le plus loin possible… au Nord… dans le froid du Nord… dans la neige éternelle… pour en finir avec tout ça »

En disant ces derniers mots, Catherine avait saisi dans chaque main une poignée de neige. Elle avait commencé à ramper jusqu'à Tulimaaq. Elle s'était étendue à ses pieds de tout son long à plat ventre sur le sol froid et enneigé, les bras en croix comme elle l'avait vu faire par les religieuses qui prennent le voile.

« Je suis une pédophile, une garce de pédophile… Je suis une dégonflée… J'ai voulu cacher mon amour… aux autres… à moi-même… J'étais tellement jalouse. Jalouse… Pire, j'ai trahi celui que j'aimais. Je suis folle…

Non ! Plutôt, je ne suis rien. Je suis une moins que rien… Même Sedna sera incapable de me pardonner.

— Qataq. Oh Qataq ! Ce n'est pas Sedna qui doit te pardonner. C'est toi-même. »

Alors Catherine s'était recroquevillée en boule dans la position du fœtus et avait commencé à pleurer doucement d'abord, puis bientôt en sanglot. Tout son corps tremblait en des spasmes incontrôlables. Les larmes lavaient son visage et tombaient au sol en gouttes épaisses. Elle avait caché sa face avec les mains.

« J'ai honte, Tulimaaq, si tu savais comme j'ai honte. »

Le vieil homme s'était relevé avec difficulté. Il l'avait aidée à se soulever. Elle s'était mise debout tout en sanglotant, accrochée désespérément à son bras. Ils s'étaient tous les deux avancés vers la plate-forme, se soutenant mutuellement comme deux vieillards. Tulimaaq avait aidé Catherine à se recoucher et l'avait bordée en l'enveloppant bien au chaud dans la peau d'ours.

Catherine sanglotait encore lorsqu'elle s'était endormie, comme le font les bébés qui ont trop pleuré, avec quelques petits sanglots s'éteignant de loin en loin.

Tulimaaq avait alors baissé la tête pour invoquer les esprits. Il était resté un bon moment dans cette posture. Puis, il s'était avancé près du visage de la pénitente déjà plongée dans le sommeil. Il avait soufflé trois fois sur elle. Le souffle du chaman guérit. Puis, il avait délicatement flatté ses cheveux et avait dit :

« Dors, mon enfant, dors maintenant. Sedna a arraché ton âme des dents du chien méchant. »

168

Chapitre 8

Mais le starets Zozime avait déjà remarqué dans la foule le regard ardent, dirigé vers lui, d'une paysanne à l'air poitrinaire, accablée bien qu'encore jeune. Elle gardait le silence, ses yeux imploraient, mais elle paraissait craindre de s'approcher.

« Que veux-tu, ma chère ?

– Soulage mon âme, bien-aimé », murmura-t-elle doucement. Sans hâte, elle se mit à genoux, se prosterna à ses pieds. « J'ai péché, mon bon père, et je crains mon péché. »

Le starets s'assit sur la dernière marche, la femme se rapprocha de lui, toujours agenouillée.

« Je suis veuve depuis trois ans, commença-t-elle à mi-voix. La vie n'était pas gaie avec mon mari, il était vieux et me battait durement. Une fois qu'il était couché, malade, je songeai en le regardant : "Mais s'il se rétablit et se lève de nouveau, alors qu'arrivera-t-il ?" Et cette idée ne me quitta plus...

– Attends », dit le starets, en approchant son oreille des lèvres de la femme. Celle-ci continua d'une voix qu'on entendait à peine. Elle eut bientôt fini.

« Il y a trois ans ? demanda le starets.

– Trois ans. D'abord je n'y pensais pas, mais la maladie est venue et je suis dans l'angoisse.

– Tu viens de loin ?

– J'ai fait cinq cents verstes.

– T'es-tu confessée ?

– Oui, deux fois.

– As-tu été admise à la communion ?

– Oui. J'ai peur ; j'ai peur de mourir.

– Ne crains rien et n'aie jamais peur, ne te chagrine pas. Pourvu que le repentir dure, Dieu pardonne tout. Il n'y a pas de péché sur la terre que Dieu ne pardonne à celui qui se repent sincèrement. L'homme ne peut pas commettre de péché capable d'épuiser l'amour infini de Dieu. Car peut-il y avoir un péché qui dépasse l'amour de Dieu ? Ne songe qu'au repentir et bannis toute crainte. Crois que Dieu t'aime comme tu ne peux te le figurer, bien qu'il t'aime dans ton péché et avec ton péché. Il y aura plus de joie dans les cieux pour un pécheur qui se repent que pour dix justes. Ne t'afflige pas au sujet des autres et ne t'irrite pas des injures. Si tu te repens, c'est que tu aimes. Or, si tu aimes, tu es déjà à Dieu... L'amour rachète tout, sauve tout. Si moi, un pécheur comme toi, je me suis attendri, à plus forte raison le Seigneur aura pitié de toi. L'amour est un trésor si inestimable qu'en échange tu peux acquérir le monde entier et racheter non seulement tes péchés, mais ceux des autres. Va et ne crains rien.

Michel avait cessé de lire à haute voix pour regarder Catherine. Elle avait les yeux grand ouverts et des larmes coulaient sur ses joues.

« Tiens ! T'es réveillée ? Depuis quand ?

— Depuis quelques pages déjà. J'adore Dostoïevski, tu le savais ? » avait-elle dit en s'essuyant les joues du revers de la main. »

Michel avait retourné le livre pour voir la couverture.

« Tu m'avais prêté ce livre : *les Frères Karamazov*. Ça m'a tenté de le lire en attendant ton réveil. J'ai pensé le lire à haute voix, au cas où tu écouterais même endormie.

— Depuis quand je dors ?

— Pas mal de temps », avait dit Michel en regardant sa montre. Elle avait jeté un regard circulaire et demandé.

« Je suis chez toi ici ?

— Oui, j'ai pensé que tu serais mieux ici, mieux en tous cas qu'au dispensaire ou dans ta bicoque en fer-blanc. En plus, ici je pouvais plus facilement te surveiller. T'étais mal en point, ma pauvre Catherine.

— T'es resté assis là tout le temps ?

— J'ai pas fermé l'œil. Je t'écoutais respirer. Quand je trouvais ta respiration trop irrégulière, ou plus rauque, je m'inquiétais. Je me levais pour être plus proche. Je tendais l'oreille. Puis, quand je te pensais revenue à la normale, j'allais me rasseoir. T'étais vraiment mal en point, ma petite.

— Comment je suis arrivée ici ? Le dernier souvenir, c'est lorsque j'étais dans l'igloo de Tulimaaq.

— T'as réussi à bien me faire peur. C'était pas normal quand tu t'es pas présentée dans la classe il y a trois jours. Je l'ai tout de suite su. J'ai tout lâché pour te chercher. J'ai embarqué sur mon skidoo et je suis allé sur la piste de tes promenades habituelles.

— Tu savais ça, toi, où j'allais marcher ?

— Ou… oui…

— Comme ça, tu me surveilles ! » avait-elle dit en fronçant les sourcils.

Michel avait rougi. C'était toujours un plaisir renouvelé pour Catherine quand elle parvenait à faire rougir ce grand gaillard. En réalité, c'était facile lorsqu'il était question d'elle.

« Non, non ! je ne te surveille pas… je… je.

— Je te taquine, Michel.

– Ah ! Ah bon… En tout cas, je t'ai cherché en maudit. Je suis allé partout, toutes les places que je connaissais. Je suis allé vers la mer, j'ai monté la colline plus d'une fois. Puis la tempête de neige s'est levée. J'ai dû rebrousser chemin. J'étais découragé, très inquiet. Je t'ai cherché partout. Je t'ai enfin trouvé hier seulement. J'étais retourné sur la colline après la fin de la tempête. Puis, j'ai aperçu au loin le traîneau de ton copain, le vieux là… Voyons !

– Tulimaaq ?

— C'est ça. Le vieux chaman là. Il t'avait solidement attachée sur son traîneau. Lorsque je suis arrivé près de lui, j'ai encore eu très peur quand je t'ai vue. T'avais seulement la face sortie, les yeux fermés. Je lui ai demandé s'il t'était arrivé quelque chose, si t'étais malade, si... pire encore... J'ai eu très peur. Mais il m'a dit que tout allait bien. Il t'avait retrouvée quelque part dans la toundra. Comment il avait fait, ça je ne sais pas. En tout cas, il t'avait trouvée. Il m'a dit qu'il t'avait soignée, que maintenant tu étais guérie et que tu dormais. J'ai pas voulu qu'il te dépose au dispensaire. L'infirmière n'est pas toujours là pour surveiller ses patients. Je ne voulais pas. Alors nous t'avons amenée ici. T'étais encore tout endormie. Ton chaman a pas voulu entrer. Alors je t'ai portée dans mes bras jusqu'au lit. T'es légère comme une plume, tu sais. »

Catherine écoutait Michel tout en se rappelant bien la dernière nuit passée dans l'igloo du chaman. Pour la première fois depuis très longtemps, elle se sentait bien, pas très en forme, mais bien. La femme qui rit lui avait retiré l'*ula* qui lui arrachait les viscères depuis si longtemps. La femme qui rit s'en était retournée en colère lorsque Tulimaaq avait soufflé trois fois comme l'ours polaire. Elle s'en était retournée par crainte de l'ours. Ne restait plus que la plaie béante. Mais Catherine était maintenant persuadée qu'elle arriverait à se cicatriser.

Elle regardait Michel lui parler avec de l'inquiétude dans le visage. Pourquoi ne l'avait-elle pas vu comme il était vraiment depuis tout ce temps ? Oh, elle le savait pourquoi, bien sûr : trop tournée vers elle-même pour voir qui que ce soit. Cet homme était du genre à prendre soin des autres. Il n'était pas au Nord pour rien. Il aurait pu décider d'aller partout ailleurs après sa déconfiture avec sa Sophie, mais il avait choisi d'aider les autres. C'était sa nature. S'il avait de grands bras forts, c'était pour mieux embrasser.

Elle avait abaissé les yeux sur ses propres bras sortant des draps. Ils étaient couverts d'un tissu en flanelle rayée bleu et blanc. En regardant en dessous, elle s'était aperçue que son corps flottait dans un pyjama d'homme trop grand pour elle.

« C'est ton pyjama, ça Michel ?

— Ben oui. J'avais pas autre chose quand t'es arrivée.

— Je ne me rappelle pas l'avoir enfilé.

– Non. T'étais bien trop endormie. Tu dormais. Alors, je t'ai déshabillée, puis je t'ai mis mon plus beau pyjama. Il était tout propre. Je m'en sers pas souvent pour pas l'user. »

Elle l'avait regardé avec un petit sourire en coin.

« T'as dû te rincer l'œil, mon v'limeux ?

– Non, non. J'ai pas regardé, avait dit Michel en rougissant... En tout cas, juste un petit peu... Tu sais que t'es belle en maudit, toi.

— Voyons, Michel, Voyons. Dis pas de menteries !

— C'est pas des menteries. »

Michel s'était maintenant levé pour aller vers le comptoir de cuisine.

« Bon ben, c'est pas tout ça. Il faut la nourrir cette petite bête-là. Je vais te renipper ça moi c't'enfant là. Je vais te préparer une bonne soupe aux légumes. T'aimes ça, la soupe, je le sais. J'ai acheté ces légumes-là hier pendant ton sommeil. T'avais l'air à bien reposer, alors je me suis esquivé. Je suis allé dans ta chambre te chercher des vêtements. Puis j'ai acheté des légumes. Je fais la meilleure minestrone. Tu verras. En fait, je suis le seul à en faire à Quarpuq, mais quand même, c'est la meilleure. Maudit qu'ils sont chers les légumes ici. J'ai pris du beurre aussi. Du beurre. Rien de trop beau, hein ? »

Tout en parlant avec sa logorrhée habituelle, il avait regardé par la fenêtre.

« Tiens, ton vieux chaman est là.

– Qui Tulimaaq ?

– Oui. Je crois que c'est lui. Il a mis son capuchon. »

Catherine s'était levée encore un peu étourdie par tant de sommeil, puis s'était approchée de la fenêtre non sans s'accrocher les pieds dans le pyjama trop long.

« C'est bien lui. Il n'entrera pas. T'as dit que tu avais mes vêtements ?

— Oui, je vais te les chercher. »

Michel avait pris les vêtements bien pliés sur une chaise et les lui avait remis.

« Tourne-toi », avait-elle dit d'un ton autoritaire.

Michel avait obéi comme un bon petit garçon à sa maman. Elle s'était prestement débarrassée du pyjama et avait rapidement enfilé sa petite culotte, son soutien-gorge, son jean et son chemisier blanc. Elle avait enfourné ses *kamiks* restés là, sur le pas de la porte, depuis hier comme son chaud manteau de peau. Après avoir enfilé celui-ci, elle était sortie en vitesse sans s'attacher.

175

***

Tulimaaq attendait bel et bien Catherine dehors, debout, sans bouger. Quand elle s'était approchée, tout sourire, il avait enlevé son capuchon pour l'accueillir. Son sourire s'était aussitôt figé en lui voyant l'allure.

– Oh Tulimaaq, ça va pas toi.

Le vieil homme, si droit dans ses bottes d'habitude, était courbé. Il avait semblé à Catherine qu'il avait plus de cheveux blancs. Son visage si franc, dur comme du granit, avait ramolli. Il se forçait à esquisser un sourire.

« Mais non, tout va bien. Je suis indestructible, tu le sais. Et toi ?

– Moi ? Ça va mieux… Beaucoup mieux. »

Elle était très heureuse de le voir. Cet homme, elle avait appris à l'aimer pendant toutes ces années de fréquentation. Cela n'avait pas toujours été le cas. Il l'avait d'abord intriguée. Ce vieil homme lui semblait si étrange. Elle avait appris beaucoup de lui sur sa culture, sur ce qui faisait la fibre de ces communautés inuites.

Puis, Catherine avait expérimenté une sorte de crainte sacrée en sa présence. Ce qu'on disait de lui, ce qu'il disait aussi lui semblait venir de tellement loin, au moment où l'humanité était devenue humaine. Elle résistait à s'investir dans ce magma d'histoires et de croyances si insolites qui pourtant la touchaient en profondeur, la bouleversaient même. Ces mythes mettaient des mots sur des réalités inconnues, souvent ignorées des Blancs. En vérité, ce n'était pas Tulimaaq qui lui faisait peur, mais bien elle-même. Elle refusait de voir son propre malheur, sa propre souffrance. Le vieux chaman agissait comme le miroir de son âme.

Puis, Tulimaaq était venu à son secours. Il lui avait sauvé la vie, de toutes sortes de manières d'ailleurs. Un lien fort, indissoluble, venait de se tisser entre elle et lui. Catherine aimerait ce vieillard pour toujours dorénavant.

Tulimaaq lui avait tendu quelque chose :

« Tiens, prends Qataq »

Elle s'attendait à recevoir l'une de ses babioles pas très jolies, de celles sculptées de temps en temps pour elle. Ces petites sculptures s'accumulaient dans une vieille boîte à chaussures dans son appartement. Elle s'apprêtait à le remercier en lui mentant de nouveau sur la beauté de la pièce.

Or, ce n'était pas ce qu'elle croyait. Il lui donnait l'un de ses précieux *galuigiujait*, une de ces amulettes représentant un petit couteau à neige. Il le portait toujours à sa ceinture pour se protéger des esprits mauvais.

« Qu'est-ce que tu fais ? Tu ne peux pas faire ça ! Je ne peux pas accepter ça !

— Oui, oui, prends-le. Tu en auras besoin maintenant.

— Mais tu sais bien que je ne peux pas. C'est ton arme la plus redoutable pour te protéger des mauvais esprits. »

Elle avait voulu le lui remettre, mais il l'avait repoussé d'un air décidé en disant non de la tête. Il se passait quelque chose, c'était évident. Les *galugiujait* étaient des objets très puissants, infiniment plus qu'une médaille ou un scapulaire pour les catholiques. Celui-ci

— elle le savait — avait été sculpté dans un os trouvé près d'une sépulture. Il portait l'âme des *tuurngait* ayant habité ces tombeaux. Il était en mesure d'exercer un rôle d'intermédiaire entre les vivants et les morts, entre les humains et les forces surnaturelles. Voilà pourquoi le chaman le portait toujours sur lui.

Et maintenant, il voulait s'en départir ?

« Mais je ne peux pas accepter. Je ne peux pas. Tu en as besoin.

— Je n'en ai plus besoin maintenant.

— Qu'est-ce que tu me racontes ? Que veux-tu dire ? »

Tulimaaq avait jeté un regard triste sur Catherine, sa Qataq. Il savait qu'il allait lui faire beaucoup de peine. Les *galunaats* ne comprennent pas ces choses-là.

« Il est temps d'aller retrouver mes ancêtres. »

Catherine avait aussitôt compris. Les larmes lui étaient montées aux yeux.

– Non, non. Ne dis pas ça. Ne dis pas ça. On va te soigner. Tu vas venir avec moi. Nous verrons le médecin. On va te soigner.

– Tu le sais bien, c'est impossible. Les ancêtres m'appellent depuis quelque temps déjà. En bas, on veut mon âme. Ils sont prêts à me recevoir. Ils me l'ont dit. Ils vont m'accueillir avec honneur parce que je suis un grand *angakkuq*.

– On peut t'aider. On peut te soigner.

– Il ne faut pas aller dans le sens inverse de l'univers. Le soleil tourne toujours du même côté, la lune aussi. Le soleil se lève toujours le matin du même côté pour se coucher le soir de l'autre. La lune apparaît toujours du même côté pour disparaître ensuite de l'autre. L'hiver suit toujours l'été du même côté. Ce serait un péché de penser inverser le cours des choses. »

Il avait maintenant tendu la main vers le manteau de Catherine et avait commencé à lacer les courroies pendantes qu'elle avait oublié d'attacher. Il le faisait méthodiquement, avec précision.

« Tu dois te couvrir. Il ne faut pas prendre froid. »

Catherine le regardait en pleurant doucement. Elle aimait cet homme et ne voulait pas le voir partir. Il l'avait sauvée. Tulimaaq était LE père. Il avait remplacé ce père trop souvent absent. Il était le père protecteur, le père attentif, le père compatissant. Il lui avait fait découvrir qui elle était vraiment. Pas qui elle croyait être. Pas qui elle voulait être. Qui elle était vraiment.

Bien sûr, Catherine le comprenait. Il était dans la nature des choses que le père disparaisse avant sa fille. Il avait raison : l'univers tournait toujours du même côté. Dieu qu'elle aurait aimé le garder plus longtemps. Elle aurait tant voulu en apprendre plus de lui. Elle aurait tant désiré l'entendre de nouveau raconter toutes ces histoires fabuleuses. Mais les leçons du vieil homme s'étaient dorénavant ancrées dans son cœur : l'amour, ce n'est pas seulement prendre, c'est aussi donner ; aimer quelqu'un, c'est être capable de le laisser partir. Maintenant, elle le comprenait.

« Je sais bien que cela ne se fait pas de toucher un chaman. Mais accepterais-tu quand même d'être pris dans mes bras ? »

Tulimaaq l'avait alors regardée avec une petite lueur dans les yeux.

« Du moment que tu ne me proposes pas encore de coucher tout nu avec toi »

Catherine, d'abord surprise de la remarque — elle n'avait jamais entendu Tulimaaq faire de blagues —, avait commencé à ricaner timidement, puis éclaté d'un grand rire franc, un rire en cascade communicatif semblable à celui d'Évelyne. Il avait aussi ri de bon cœur, comme un enfant, ce qui ne lui arrivait pas souvent.

Alors elle l'avait serré très fort dans ses bras, longtemps. Puis, elle lui avait chuchoté à l'oreille « je t'aime, mon vieil *angakkuq* ». Sur quoi Tulimaaq lui avait répondu en français : « Moi aussi, Catherine ». Ensuite, il avait levé le regard vers la fenêtre de l'appartement de Michel et ajouté : « mais j'ai de la concurrence ».

Catherine avait desserré son étreinte, tourné la tête et vu Michel en train d'observer la scène avec attention. Il avait levé la main pour la saluer. Elle avait fait de même puis s'était retournée en demandant au chaman :

« As-tu besoin de quelque chose ?

– Non. J'ai tout ce qu'il faut ici ». Il avait touché le bas de son ventre, car les Inuits croyaient trouver là le siège de l'âme.

En la voyant si triste, il avait cru bon d'ajouter :

« Je ne serai jamais loin de toi, Qataq. Tu le sais ça. Je reviendrai te voir de temps en temps ».

– Oui, je sais. Je sais. Fais un beau voyage, mon ami. Que les âmes des anciens t'accueillent avec tous les honneurs. »

180

Catherine et Tulimaaq se tenaient toujours les mains lorsqu'ils avaient dit ces dernières paroles. Tulimaaq s'était retiré doucement en reculant d'un pas, avait tourné les talons et s'en était allé. Elle l'avait regardé disparaître, puis était revenue à l'appartement de Michel en s'essuyant les joues du revers de la main.

Dès qu'elle avait mis le pied dans l'appartement, Michel s'était empressé de l'accueillir. Il l'avait aidée à retirer son manteau et ses *kamiks*. Comme elle était pieds nus, il lui avait fourni une espèce de vieille paire de pantoufles. Malgré ces chausses ridicules, il l'avait trouvée bien belle et très élégante dans son jean ajusté et son chemisier blanc qui bâillait un peu parce qu'elle avait oublié d'attacher le dernier bouton.

« Qu'est-ce qu'il te voulait, ton vieux chaman.

— Simplement savoir si j'allais bien.

— En tout cas, vous aviez l'air de bien vous amuser ensemble. »

Elle avait regardé Michel qui lui semblait bien sombre.

« Dis donc, toi. Tu ne serais pas un peu jaloux ?

– Jaloux ! Moi ! avait dit Michel en rougissant. Mais tu veux rire. Tu l'as regardé le vieux. Voyons !... Pis, à part de ça... Veux-tu bien me dire ce que vous avez fait ensemble toute la nuit dans son igloo... Hein ? »

Elle avait éclaté de rire en l'entendant. Décidément, il lui plaisait de plus en plus, cet homme. Elle n'avait pas souvent rencontré d'adultes avec une telle candeur, capable de livrer aussi honnêtement ses émotions et ses états d'âme. Michel était un livre ouvert. Elle en avait même une pointe d'admiration. Elle, elle était incapable d'une telle attitude, même si ce n'était pas l'envie qui manquait parfois.

« Rien de spécial. J'ai dansé toute nue devant lui pendant qu'il me reluquait.

– Oh… Oh !... »

Michel avait réagi immédiatement comme s'il tombait des nues, le visage presque cramoisi. Puis, changeant d'attitude aussi soudainement, il avait souri de toutes ses dents et ajouté :

« Bon, v'la t-y pas que tu me taquines encore. T'aimes ça me taquiner, hein ! C'est vrai que c'est facile avec moi. Les copains au hockey n'en manquaient pas une. Ils me jouaient toujours des tours, pis moi, ben j'embarquais les yeux fermés. Mais dis-moi sérieusement : qu'est que tu lui trouves à ton vieux chaman ?

— C'est… comment te dire ?... C'est un être d'exception, quelqu'un qu'on rencontre une seule fois dans la vie, quand on a la chance d'en rencontrer.

– Pourtant, il n'a pas l'air de grand-chose, ton "être d'exception".

— Non, c'est vrai. Dans son corps, il n'a pas l'air de grand-chose. Mais son âme, elle, c'est une autre histoire. C'est une vieille âme, de celle qui nous vient du fond des âges, comme si elle avait parcouru des millénaires pour arriver jusqu'ici, aujourd'hui, à Quarpuq. »

Elle avait dit ces derniers mots d'un air rêveur, inspirée par on ne sait quoi provenant de très loin à l'intérieur d'elle-même.

« Et il repartira bientôt vers une autre destinée, sous une autre forme : phoque annelé, morse, fulmar, caribou ou peut-être même ours blanc. Il sera toujours là. Toujours là à veiller sur nous.

— Je ne comprends rien à ce que tu dis. »

Comme si elle se réveillait soudain, Catherine avait ajouté à l'intention de Michel cette fois.

« Alors, elle vient cette soupe ? J'ai faim. »

***

Catherine venait de terminer son deuxième bol de soupe et sa troisième tartine de beurre. Elle buvait par petite lampée le Valpolicella que Michel venait de lui verser une deuxième fois. Il ne mangeait pas. Il préférait la regarder, les bras accoudés sur la table, la tête appuyée sur ses grands poings.

« Elle est bien bonne ta soupe. Où as-tu appris à faire à manger ?

— J'aidais maman souvent pour la popote. On est une grosse famille chez moi et je suis le plus vieux. Alors j'ai appris à faire à manger pour soulager maman de temps en temps. Elle n'a pas une très bonne santé et il lui arrivait souvent de devoir aller s'étendre pour se reposer.

— Vous êtes combien chez vous ?

— Nous sommes six enfants, trois garçons et trois filles. C'est bien de valeur qu'il n'y ait pas eu deux garçons de plus. On aurait pu former une ligne de hockey.

– Ah bon ! Pourquoi ? »

Il avait relevé la tête en la regardant, comme s'il se demandait de quelle planète elle venait.

« Ben voyons, Catherine. Une ligne au hockey, c'est composé de cinq joueurs : trois à l'attaque et deux en défense. Me semble que je ne devrais pas t'expliquer ça. »

Puis, en la voyant sourire jusqu'aux oreilles, il avait ajouté :

– OK, OK, je me rends. Tu me fais encore marcher.

– Vous vous entendez bien ensemble.

– Oh que oui, si s'entendre, ça veut dire toujours s'asticoter. Mes frères et sœurs me suivent de peu en âge. Nous avons seulement un an et demi ou deux ans de différence entre chacun de nous. Je te dis que ça faisait du bruit dans la maison quand on commençait à se chamailler. Parfois, c'était pour la salle de bains (les filles, je ne sais pas ce qu'elles font si longtemps dans cette foutue salle de bain), des fois c'était pour les jouets. Comme je suis le plus vieux, je devais souvent faire l'arbitre. Pendant les repas aussi, c'était animé. On discutait de tout et de rien, tout le monde tenait à son opinion. Pour les gars c'était qui était le meilleur joueur des Canadiens, pour les filles... ben, pour les filles, c'était plein d'autres choses. En tous cas, on ne s'entendait pas manger, ça, c'est sûr. Je revois mon père au bout de la table. Il est très drôle, mon père. C'est un bon vivant. Et il adorait écouter sa tablée d'oisillons se chamailler d'un bord à l'autre de la table. Il mettait souvent son grain de sel également. Ma mère toutefois, ça la fatiguait. Elle ne disait rien et regardait mon père en espérant le voir intervenir, ce qu'il ne voulait pas faire pour tout l'or du monde. Il s'amusait trop. Ah ! je parle, je parle encore. Mais ça ne t'intéresse pas toutes mes histoires de famille.

– Mais oui, au contraire, au contraire.

– En tout cas, depuis que je suis ici, je m'ennuie en maudit. Eux aussi. Je reçois presque tous les jours une lettre ou un téléphone de l'un ou l'autre. Ils me racontent ce qui se passe dans leur vie. Ils s'ennuient de moi. Il me demande quand je vais revenir. Qu'est-ce que tu veux, je me suis occupé d'eux pas mal autrefois, quand ils étaient encore jeunes. C'est pour ça que j'ai commencé sur le tard mes études à l'université. J'ai dû travailler jeune pour aider mon père. Un temps, il ne gagnait pas beaucoup. J'ai fait toutes sortes de choses. Tu sais ce qu'on dit : mille métiers, mille misères. J'ai transporté des ballots de tissus dans une « shop à guenilles » dans le bas de la ville de Montréal. C'est là que j'ai appris à aimer les bagels. J'ai transbordé des sacs de farine des trains aux entrepôts de la *Five Roses*. Je revenais tous les soirs en autobus, complètement fourbu. À l'époque, on n'avait pas de place pour se changer à l'entrepôt. Dans l'autobus, les gens me regardaient de travers, car je ressemblais à un fantôme tellement j'étais couvert de farine de la tête au pied. J'en avais dans la face, dans les cheveux et même dans les oreilles.

Ah oui, j'ai été pion dans une école secondaire aussi. Étant donné mon gabarit, je te dis que les jeunes me respectaient. J'avais juste à montrer des gros yeux, pis ils passaient par là. Ensuite, j'ai fait la livraison de livres pornos à deux piastres que les dépanneurs mettaient dans la deuxième rangée, loin de la vue des non-initiés. Ça j'aimais ça, conduire le petit camion en ville, me faire un chemin dans le trafic. Une fois, j'avais oublié de mettre le *brake à bras*. Le gars du dépanneur m'a crié et j'ai vu mon camion descendre tout lentement à reculons, en pleine ville, en plein trafic. T'aurais dû me voir courir derrière. J'avais l'air d'un vrai fou. Je hurlais « arrêtez-le, arrêtez-le ! », comme si quelqu'un avait pu faire quelque chose, à part bien sûr Superman qui se serait planté là pour stopper la machine et la honte du pauvre livreur de livres. Finalement, j'ai réussi de justesse à entrer dans le camion et à freiner. Il restait moins d'un pied entre mon pare-chocs et celui de l'auto stationnée dans la rue. Pas une égratignure ni sur le camion ni sur moi. Un vrai miracle ! »

Michel parlait, parlait. Il se réjouissait tellement d'être avec elle, de l'avoir si près de lui. Quand il était surexcité, il parlait. Au moment où il reprenait son souffle, Catherine avait ajouté.

« Il fallait que tu les aimes pas mal, tes frères et sœurs, pour te dévouer ainsi et mettre de côté tes propres besoins.

— Ce n'était pas du dévouement. Je ne pouvais quand même pas laisser tomber les gens que j'aimais le plus au monde. J'ai fait ce que j'avais à faire. C'est tout. Quand ils ont été capables de se débrouiller, quand les plus vieux sont partis de la maison, ils ont fait la même chose, ils ont aidé à leur tour les parents en leur donnant un peu d'argent pour s'occuper des plus jeunes restés derrière. Nous sommes une famille très unie, cimentée dur comme du béton. Il n'y a pas de lâcheurs parmi nous. Et s'il y en avait eu un, il aurait eu affaire à moi. Quand tout roulait bien pour la famille, seulement alors, j'ai pensé à ce que je voulais faire de ma vie. Comme j'étais bon en mathématiques et que j'aimais bien les affaires concrètes, j'ai pensé à ce qui me semblait le plus évident : être ingénieur. Le reste, ben tu connais l'histoire.

— T'es redescendu au Sud pour les voir de temps en temps ?

— Seulement une fois. Cette job-ci, je suis le seul à la faire. On ne trouve jamais personne pour me remplacer. Je peux comprendre le Ministère. Comme je ne veux pas les laisser tomber, j'accepte toujours de rester, même les fois où je devrais avoir droit à un congé. Oui, je suis descendu une seule fois l'été dernier pour une courte semaine. J'ai pu rencontrer mes deux petites nièces et mon neveu. Ils avaient tellement grandi en un an. Les petites, c'est des princesses, jolies à souhait, tranquilles, curieuses, le nez toujours fourré dans des livres. Le gars lui, c'est un vrai de vrai : hyperactif, éveillé, court tout le temps ici et là. J'ai joué avec lui tous les jours au hockey bottine dans la rue. Il a fini par m'épuiser. C'est vrai, je m'ennuie pas mal. »

Il avait arrêté de parler en prenant un air nostalgique. Elle, bien, elle l'écoutait raconter. C'était un sacré conteur. Il était captivant, jamais ennuyant, même lorsqu'il racontait des banalités. Tout en l'écoutant, il lui était venu à l'esprit que Michel était une vraie force de la nature, plein de fougue, animé de l'intérieur, coloré. Un homme simple aussi, sans complication qui ne se posait pas trop de question sur sa destinée. Il faisait ce qu'il devait faire sans jamais se demander si c'était la bonne décision. Il était tout d'un bloc aussi. Elle comprenait pourquoi sa famille et sans doute aussi ses copains l'aimaient tellement. Elle pestait également contre sa Sophie : quelle idiote d'avoir laissé tomber un tel homme !

« Si j'ai tenu le coup, avait ajouté Michel, c'est à cause toi.

– Moi ? »

Catherine semblait sincèrement surprise de cet aveu. Jamais une telle chose ne lui serait venue à l'esprit. Il ne lui semblait pas avoir été si proche de lui. Au contraire. La plupart du temps, elle l'avait ignoré. Bien sûr, à n'en pas douter Michel avait un petit faible pour elle, mais cela était sans doute dû à la solitude. Il avait besoin de rencontrer quelqu'un de semblable à lui dans cette communauté inuite restée passablement étrangère, comme pour tous les *galunaats*. De toute façon, dans l'état où elle se trouvait, Catherine n'était pas intéressée à nouer quelque lien que ce soit avec personne, surtout pas avec quelqu'un venant du Sud. Trop de mauvais souvenirs.

« Ben oui, toi ! T'as l'air surprise.

— Oui, un peu. On ne se connaît pas tant que ça. Je ne vois pas comment j'ai pu t'aider.

— Tu m'as aidé beaucoup. Plus que tu penses… Je sais bien. La plupart du temps, tu avais la tête ailleurs. Tu ne me voyais même pas les rares fois où l'on se rencontrait. On aurait dit que tu regardais toujours autre part, autre chose. Quand je réussissais à te coincer à la cafétéria, tu étais toujours très gentille avec moi, toujours avec ton si charmant sourire, mais…

— Mais quoi ?

— Je sais pas comment dire… t'étais ailleurs. De toute façon, t'appartiens pas au même monde que moi. Toi, tu es une grande dame, une reine.

— Voyons, qu'est-ce tu dis-là ! Je suis née sur une ferme perdue dans le cœur du Québec, j'ai trait les vaches pendant toute mon enfance, les pieds dans la bouette.

— C'est pas ce que je veux dire. C'est dur à expliquer… J'entends parler de toi à l'école. On t'apprécie tellement. On dit que tu aimes beaucoup les petits, que tu te dévoues pour eux, que tu ne comptes pas ton temps. Je vois bien comment les familles inuites te regardent quand tu viens à la cafète. Ils te saluent, t'interpellent parfois. Tu as réussi à gagner leur cœur.

– Là, tu exagères un peu. Je n'ai pas fait grand-chose pour eux.

— Tu vois, ça, c'est ton côté grande dame. Tu laisses toujours entendre aux autres que tu es moins importante qu'eux. Tu l'as fait aussi avec moi. Je sentais bien que tu voulais pas me parler quand j'étais là, mais jamais tu n'as levé le nez sur moi. Tu me prenais au sérieux, je le voyais bien. Avec toi, je me sentais comme quelqu'un d'unique, d'important.

— Ben, si c'est ce que tu penses, c'est sans doute parce que c'est vrai, non ?

– Ouais. Peut-être. En tout cas, moi, je me sentais bien petit à côté de toi. Malgré ma grosseur, je me sentais bien petit. Je me disais : cette femme-là, elle n'est pas pour moi. Trop de classe. Maudit que je te trouve élégante. Même si t'étais toujours habillée pareil, tu portais tes vêtements comme… comme un mannequin, tiens. Pas une de ces poupées maigrichonnes qui ont l'air bête. Plutôt ces mannequins qui font rêver les garçons. »

Après que Michel ait hésité un moment, il avait ajouté.

« En tout cas, moi je te trouve bien belle, pis cultivée aussi. Tu m'as redonné le goût de lire, ce que j'avais arrêté de faire quand j'étais avec Sophie. J'aimais ça quand on discutait de bouquins. J'aime bien quand on discute. C'est vrai que je parle toute le temps, mais je sais écouter aussi. Je voudrais ça pouvoir plus t'écouter, que tu m'en dises plus sur toi. J'aimerais bien… »

Michel avait cessé de parler. Pour une fois, il semblait n'avoir plus rien à dire. Puis, il avait continué.

« Catherine, il faut que je te dise… il faut que… depuis que je t'ai vue la première fois, tu m'as tombé dans l'œil… Je suis bien quand t'es là. Je sais pas pourquoi, mais je suis bien. Tu me plais beaucoup. C'est comme si, à chaque fois que je te vois, je reviens à la maison. Je m'ennuie jamais avec toi… Je sais pas comment te dire ça… Ah ! que je suis bête ! Je sais vraiment pas comment parler aux femmes, moi ! »

Catherine avait envie de lui dire que, pour un gars qui ne savait pas parler aux femmes, il avait appris vite. Mais elle s'était tue. Il avait cessé sa tirade qui ressemblait à une sorte de déclaration d'amour. Elle en avait été flattée et surtout très émue. Jamais on ne lui avait parlé ainsi. Peut-être tout simplement parce qu'elle ne laissait jamais personne lui parler ainsi.

Michel avait doucement approché sa main et recouvert la sienne restée à plat sur la table. Elle ne s'était pas retirée. Ils étaient restés ainsi pendant plusieurs minutes, chacun perdu dans ses pensées, à se regarder, puis il avait dit, tout simplement.

« Je t'aime, Catherine. »

Elle s'était comme réveillée d'un rêve, n'avait rien répondu et avait doucement retiré sa main, puis s'était levée de table.

« Il faut que je retourne à l'école. Je dois reprendre ma classe. Il me reste encore quelques semaines avant les Fêtes.

– Oui bien sûr. Je comprends. »

Catherine s'était alors avancée vers lui encore assis à sa chaise, avait encadré son visage maintenant triste entre ses deux mains aux doigts longs et fins, puis l'avait embrassé sur la bouche avec tendresse, beaucoup de tendresse. Catherine avait dès lors senti revenir la vie qui l'avait quittée depuis si longtemps, la vie qu'elle avait si longtemps refusé de laisser monter en elle. Lui, il était aux oiseaux.

« Reste avec moi, Catherine. Reste ici avec moi. »

Elle avait enfilé ses *Kamiks* et son manteau en prenant soin cette fois de l'attacher, puis s'était retournée vers lui. Elle n'avait rien dit, mais lui avait envoyé un baiser à la volée avant d'ouvrir la porte et de s'engouffrer dans le froid polaire.

Épilogue

Catherine venait de déposer son bagage au comptoir du petit aéroport de Quarpuq. Il n'était pas lourd. Elle n'avait pas gardé grand-chose de son séjour de cinq années au Nord. Même son manteau en peau et ses *kamiks* avaient été donnés à une famille dans le besoin. Ses statuettes, seuls objets ayant du prix à ses yeux, avaient été empaquetées soigneusement et envoyées dans le Sud par cargo.

Elle avait gardé dans son bagage quelques vêtements de base et surtout les petits cadeaux offerts lors de la fête d'adieu de l'école. Il y avait une statuette en pierre ponce spécialement sculptée pour elle par Anarqaq. Il s'agissait d'une Sedna couchée sur le côté, reconnaissable à ses longs cheveux en tresses et à ses nageoires à la place des pieds. Il avait poussé le détail jusqu'à sculpter des mains sans doigts. Superbe ! Il y avait aussi des moufles particulièrement décorées faite par Qisaruatsiaq, fabriquée aussi spécialement pour elle.

Surtout, il y avait les dessins des enfants, pleins d'animaux, de banquises blanches, de grands ciels bleus. Catherine était toujours présente quelque part, la plupart du temps dessinée en géante, comme celle des vieilles histoires inuites. On avait dansé des danses traditionnelles au son du tambourin sacré, on avait chanté des chants de gorge, on lui avait donné toutes sortes de petits présents.

Catherine avait été surprise de cette fête, ne croyant pas être si appréciée, voire aimée, comme Michel le lui avait dit. Elle faisait son travail, voilà tout. Mais peut-être en fin de compte avait-elle fait plus que son travail ? Catherine aimait cette communauté, son mode de vie, ses mythes, ses croyances. Les Inuits, ce sont des survivants. Ce sont des battants. Ils ont dû affronter des situations que personne d'autre n'aurait été capable de surmonter. Et maintenant, cette merveilleuse culture s'étiolait devant elle. Ce que des millénaires de vie dans un univers si hostile n'avaient pas réussi à faire, la « civilisation » des *gallunaats* était en train de l'accomplir. Leur seule planche de salut dans les circonstances, croyait-elle, c'était l'éducation. Seule l'éducation leur permettrait de reprendre en main leur destinée, car l'ignorance est le pire des maux. Voilà la mission qu'elle s'était donnée.

Catherine avait été très émue par le dessin d'Ituliaq. La petite pleurait à chaudes larmes au point où ses lunettes en étaient toutes embuées. Elle était inconsolable de la voir partir. Catherine l'avait un moment prise à part, s'était agenouillée devant elle, l'avait serrée très fort dans ses bras et lui avait dit :

« Ne pleure pas, mon petit fulmar. Tu sais, je ne te quitte pas vraiment, je ne serai jamais loin.

— Mais tu t'en vas dans le ventre du grand oiseau. Tu ne reviendras pas.

— Ça ne veut pas dire que je ne serai plus là... Dis-moi, il t'arrive parfois de voir passer un renard blanc dans la plaine, non ?

— Oui, ça arrive parfois.

— La prochaine fois que tu en verras un, qui penses-tu que ce sera, hein, qui ?

– Toi ?

194

— C'est parce que j'aurai eu envie de venir te voir pour te dire qu'il ne faut pas te décourager et de continuer à étudier bien bien fort. »

– C'est vrai ?

– Bien sûr que c'est vrai. »

La petite avait fini par essuyer ses larmes et l'avait laissé partir.

Quand les procédures d'usage eurent été terminées, Catherine s'était retournée pour rejoindre Michel un peu plus loin. Elle avait jeté un œil à l'extérieur, comme si la silhouette de Tulimaaq allait lui apparaître. Mais évidemment, ce n'était pas possible. Il ne pouvait pas être là. La famille venue le chercher dans son igloo parce que l'un de leurs enfants était malade l'avait trouvé couché sur sa peau d'ours, dans son habit de cérémonie. Il était mort depuis quelques jours.

On avait d'abord détruit son igloo, car il ne devait rien rester du lieu où il était décédé. On l'avait enveloppé d'un linceul en peau de phoque enlacé dans des lanières de cuir. Puis, on l'avait transporté pas tellement loin de là dans une petite grotte à même le sol. Tout le village s'était réuni. On avait apporté des objets de la vie quotidienne pouvant lui servir dans l'au-delà : un harpon, des ustensiles de pêche, un couteau à neige. Puis, on l'avait mis dans la grotte dont on avait fermé l'ouverture avec de grosses pierres.

Catherine s'était approchée de Michel. Il avait gardé son bagage à main. Elle avait appris il y a une semaine le décès de sa mère, ce qui avait enclenché toute une série de décisions, dont celle de ne plus revenir au Nord.

« C'est pour quand les funérailles ? lui avait demandé Michel.

— Dans deux jours.

— T'es pas rendue, ma pauv' Cathou. Il faudra repartir presque tout de suite de Montréal pour aller au village.

– Oui. Pour Monique, ça n'avait pas de sens de mettre maman dans un cimetière à Montréal. De toute façon, ni elle ni maman n'ont de relations en ville. Au village au moins, il va y avoir quelques vieux qui la connaissent encore. Puis, maman reviendra chez elle, ses cendres enterrées près de son Médé.

— Tu vas aller demeurer chez ta sœur ensuite ?

– Oui. Monique va se sentir bien seule à Montréal. Elle a un grand appartement avec deux chambres. De toute façon, cela me laissera le temps de voir venir. Je devrai chercher un job, trouver un appartement… »

Il avait fait un geste pour lui remettre son sac, puis s'était arrêté net. Il avait regardé le sac un moment avant de lui déclarer

« Y est vraiment pas beau ton sac… mais maudit que je l'aime. C'est lui que tu tenais à la main quand t'es venue cogner à ma porte il y a deux semaines. Tu te rappelles comme j'ai capoté quand je t'ai vu… Je me serais jeté à tes pieds.

— Ben c'est ce que t'as fait aussi, mon grand fou.

— Ouais, c'est vrai. C'était surtout pour enlever tes *kamiks*, mais je ne sais pas ce qui m'a pris de t'embrasser les pieds comme ça. En tout cas, j'étais heureux en maudit. En maudit ! »

Michel la regardait avec des yeux tellement remplis d'amour qu'elle en était toute chamboulée. Ce grand gars, elle le découvrait tous les jours un peu plus. Et elle l'aimait tous les jours un peu plus. Ce qu'elle ressentait pour lui était tout nouveau. Il fallait y aller prudemment. Catherine était généralement une femme prudente. Généralement, du moins. En tous les cas, elle ne voulait pas s'emballer cette fois. Quelque chose de rare, de précieux était en train de se tisser entre eux. Michel avait ajouté.

« J'essayais toujours de me réveiller avant toi pour te regarder dormir encore un peu. C'est… J'sais pas comment dire… c'est… t'es belle en maudit ! »

L'annonce du départ imminent de l'avion venait d'être annoncée. Catherine avait pris le sac des mains de Michel. Il avait hésité à le lui rendre en lui disant.

« Si j'avais pu partir avec toi… mais je ne peux pas… Tu le sais… tu comprends, hein ? Il me reste encore trois mois à mon contrat… Je peux pas leur faire ça… Ils m'ont demandé de rester encore une fois pendant les Fêtes. Ils ne trouvent personne… Pourtant, il faudra bien en trouver un jour. Parce que moi, je m'en vais, là. Dans trois mois, je m'en vais… quelqu'un m'attend en ville… »

Il avait pris un air soucieux maintenant. Des larmes qu'il essayait désespérément de retenir étaient venues embuer ses yeux.

« Parce que tu vas m'attendre, hein, Cathou, tu vas m'attendre… hein ! »

Elle avait lâché son sac et s'était approchée de lui. Elle lui avait pris le visage entre les mains et lui avait dit.

« Ne t'inquiète pas, Michel. Je ne connais aucun autre joueur de hockey à Montréal. »

Et le grand gars avait éclaté d'un rire sonore qui avait fait déborder ses larmes. Il l'avait prise dans ses bras forts et l'avait serré jusqu'à presque l'étouffer. Il lui avait murmuré à l'oreille : « je t'aime, ma Cathou » et elle lui avait répondu : « moi aussi, mon grand fou, moi aussi ». Il avait desserré son étreinte et lui avait dit.

« Je vais m'ennuyer en maudit, tu sais. Je vais t'écrire tous les jours. Tous les jours. Puis je vais te téléphoner aussi, quand ça sera possible. C'est mieux quand j'entends ta voix. »

Une autre annonce venait d'être faite sur le départ de l'avion. Elle avait repris le sac dans sa main et s'était retournée pour aller vers la sortie. Avant de franchir la porte, elle avait voulu voir encore une dernière fois son amant. Il se tenait là sans bouger, les bras allongés. Il continuait à pleurer tout en lui souriant. Elle lui avait envoyé un baiser à la volée, s'était retourné vivement et était sortie.

C'était la dernière des quelques passagers à sortir, mais elle ne pouvait pas partir sans jeter un dernier coup d'œil à ce paysage sauvage, intemporel qui l'avait tellement fasciné par son étrangeté. Il faisait un froid de canard, comme toujours.

« Madame, madame. Il faut y aller là. »

Sortant de son rêve, elle avait couru vers la porte du petit *Twin Otter* qui s'était tout de suite refermée derrière elle. Elle s'était installée à son siège unique, près du hublot après avoir mis son sac dans le casier. Les moteurs à hélices avaient été mis en marche.

Catherine avait détaché son col pour sortir la chaîne toujours à son cou. Il n'y avait plus seulement sa médaille — la médaille d'Évelyne, comme elle l'appelait — mais aussi le *galuigiujak* de Tulimaak. Elle avait embrassé l'amulette. Toutes sortes de souvenirs lui revenaient, les meilleurs comme les moins bons, comme si ce monde merveilleux et sauvage lui rappelait qu'il resterait dorénavant incrusté en elle pour toujours.

Elle avait remis la chaînette sur sa poitrine et avait tourné machinalement son regard vers l'extérieur

Un gros objet noir l'avait attirée sur la piste un peu plus loin. Ce ne fut pas long avant de reconnaître un grand corbeau. Celui-ci semblait la regarder fixement, sans bouger.

Ils restèrent ainsi longuement à se toiser, elle derrière son hublot, lui dehors, dans le froid.

Finalement, l'oiseau avait pris son envol avec de grands battements d'ailes, élégant, comme tous les grands corbeaux. Il était parti directement vers le nord sans s'arrêter. Catherine l'avait regardé disparaître jusqu'à ce qu'il n'y ait plus rien à l'horizon.

FIN

Table des matières